集英社オレンジ文庫

リプレイス！

病院秘書の私が、ある日突然警視庁SPになった理由

愁堂れな

本書は書き下ろしです。

REPLACE! SECRETARY↔SP CONTENTS

イラスト／くにみつ

リプレイス!
REPLACE!
SECRETARY↔SP
病院秘書の私が、ある日突然警視庁SPになった理由

1
Tomoko

「……私、ですか……？」

理事長室に呼ばれたときから嫌な予感はしていたのだ、と青井朋子《あおいともこ》は溜め息を漏《も》らしそうになるのをぐっと堪《こら》えると、意識して笑顔を作り、上司である桐谷《きりたに》理事長兼院長に確認を取った。

「ああ、マスコミも来ているしね。君以外に適任はいないだろう？　当病院のパンフレットの表紙にもなった、いわば病院の顔、秘書室の『花』なんだから」

確かに桐谷の言うとおり、パンフレットの表紙にナースの制服を着た朋子がにっこり笑って写っていた時期もあった。が、既に十年は昔のことである。

今年三十二になる朋子は大学卒業と同時に、東京では——否《いな》、関東どころか全国レベルで有名な大病院、医療社団法人黎陽会檜坂《れいようかいひのきざか》病院に事務職として採用された。

当時、病院は新しいパンフレットを作成中で、表紙のモデルの選考に入った頃だったのだが、秘書室に配属された朋子の顔を見た瞬間、桐谷が、

『この子にしよう！』

と叫んだ、その鶴の一声で、朋子が表紙モデルを務めることとなったのだった。

何がなんだかわからないうちにナース服に着替えさせられ、カメラの前に立たされたのだが、ナースの資格もないくせに、と当時の看護師たちから総スカンを食らう原因となったため、朋子にとっては嫌な思い出となっている。

その後暫《しばら》くの間、表紙はそのままだったが、本館の改修工事が終了したこととナースの制服がモデルチェンジしたことから、四年前にパンフレットの表紙はリニューアルした病院の建物に変更された。そのときどれほど嬉しかったことか。積年の恨みを思い出したせいで、つい、眉間《みけん》に縦皺《たてじわ》が寄ってきてしまったのを、いけない、とさりげなく解くと朋子は、勘弁してほしいと内心苦々しく思いながらも笑顔だけはキープし口を開いた。

「私はもう、三十路《みそじ》を越してますから。秘書室の花、というのなら、今泉《いまいずみ》さんや幸村《ゆきむら》さんのほうが適任ではないかと思いますよ」

秘書室勤務の女性は朋子を含めて全部で四人。今年の新人で入って数ヶ月の神谷《かみや》に任せるのは不安であっても、幸村は三年目、今泉は四年目。本人たちもやる気満々ではないかと思われる。

先月、医療雑誌の取材の対応も、理事長の命で朋子が担当することとなったが、そのときにも二人が散々陰口を叩いていたことを、朋子はよく知っていた。

『いい加減、後進に道を譲《ゆず》ってほしいわよねえ』

『美人なことは認めるけど、はっきりいって、寄る年波は隠せないよね』

そんなことは充分、自覚しています、という内容ではあったが、だからといって腹が立たないわけではない。

後輩たちに陰口を叩かせないようにするには、陰口のネタを提供しないこと。それゆえ朋子は自ら後輩たちの名を出したのだが、それに対する理事長の答えは、

「彼女たちを人前に出すのは……まだ、ねえ」

というものだった。

「適任はやはり君だよ。花束を渡す相手は『あの』山之内一友《やまのうちかずとも》先生だ。マスコミの注目も高いだろう。失敗は許されないから君を指名したんだ。頼むよ、青井君」

理事長が笑顔で朋子の肩を叩く。

「……はい……」

そこまで言われては固辞もできない、と朋子は頷《うなず》きはしたが、憂鬱《ゆううつ》に思うことは止められなかった。

理事長室と秘書室は扉一枚で繋《つな》がっている。最後のやりとりが聞こえていませんように、

と祈りながら朋子は、

「失礼します」

と理事長に一礼し、扉を開いて秘書室へと戻った。すかさず秘書室長の山辺《やまべ》が朋子に声をかけてくる。

「青井君、山之内代議士にお渡しする花束が間もなく届くから。いきなり花束贈呈だなんて君も驚いただろうが、我々も寝耳に水だったんだよ。本当に榊原《さかきばら》副院長にも困ったものだ」

やれやれ、と溜め息を漏らす山辺に対し、リアクションの取りようがなく朋子は俯《うつむ》いたままやり過ごそうとした。

「え？　山之内代議士って、山之内一友さんですか？」

「うそ！　いらっしゃるんですか？　言ってくださいよー！」

途端に秘書室の女子たちが苦情の声を上げる。最近の若い子は上司にこんな口が叩けるのか、と、毎度のことながら朋子は驚かずにはいられなかった。

私が若い頃には、上司に口答えとか、あり得なかった。今の若い子は大胆《だいたん》というかなんというか、と呆《あき》れていることも朋子は顔に出さぬよう、心がけていた。出せばまた彼女たちとの間の溝《みぞ》が深まるとわかっていたためである。

後輩たちとの接し方は、朋子の最も苦手とするものだった。

先輩──年長者は立てるもの、という意識が朋子にはごく普通にあるが、世代交代というか、後輩たちに先輩を立てる気持ちはまったくないように見える。

そんな彼女たちに対し、思うところはあれど朋子は、直接は何をいうこともなく、表面上はごく友好的に接するよう心がけていた。

後輩たちもまた、表面上は友好的な態度を取ってはいたが、彼女たちに特別嫌われているわけではなくとも、特別好かれているわけでもないということは、朋子も充分悟っていた。

自分一人だけ、年が離れているのでそうした状況になるのは仕方の無いことだと諦めてはいるのだが、だからといって陰口を叩かれたいかといわれれば、できれば避けたい、というのが人情である。

今回も、花束を渡す相手、山之内についてあれだけ騒いだとなると、贈呈役が自分となったことに対し、ひとしきり悪口大会となるのだろうなと、朋子が密かに溜め息を漏らしたそのとき、ドアがノックされ、一人の男が顔を出した。

「失礼。秘書室はこちらですか」

態。

朋子の抱いた第一印象がそれだったのは、男のがたいのよさと黒ずくめの服装にあった。

身長は二メートル近くあり、肩幅も広く胸板も厚い。いかついのは身体《からだ》ばかりではなく顔もそうで、太い眉《まゆ》、高く太い鼻梁《びりょう》、奥目がちの黒目は小さく、色黒であることもあって身体と一体化して見え、ワイシャツの白い襟《えり》がちょうどツキノワグマの三日月部分という錯覚《さっかく》を起こさせたようである。

突然の態――ならぬ大男の登場に、唖然《あぜん》としたのは朋子だけではなかった。後輩秘書たちは勿論《もちろん》、室長の山辺も驚いたように目を見開いていたが、男が再び、

「秘書室はこちらですか？」

と繰り返したことで、まず山辺が我に返り、返事をした。

「は、はい。そうですが、あの……？」

「失礼します」

と、大男は一礼したあと、やにわに黒スーツの内ポケットから取り出した二つ折りの『それ』を開いてみせた。

「警視庁警備部警護課の田中《たなか》です。本日山之内代議士の警護を務めます」

「……あ、ＳＰ……のかたですか」

山辺が納得した声を上げ、男の――田中のスーツの襟元を見る。つられて朋子も見やっ

たのだが、そこには赤色のＳＰバッジが光っていた。

ＳＰか。だからこその黒ずくめ。いかつい身体と顔もいかにもな感じだ。ドラマでは見たことがあるが、本物は初めてだ、と、朋子は思わず田中の顔と身体を凝視してしまっていた。

朋子だけでなく、後輩たちも皆、物珍しそうに田中の姿を眺めている。と、視線が煩《うるさ》かったのか、田中がそんな朋子たちをじろ、と一瞥《いちべつ》したあとに改めて山辺へと視線を向け、口を開いた。

「本日の式次第の提出と、会場の案内をお願いします」

「あ、いや、式次第はこちらではなく……」

田中の眼光があまりに鋭いため、山辺がしどろもどろになっている。こっちを睨《にら》んだときの目も怖かった、と朋子はこっそりと肩を竦《すく》めた。

「ここではない？」

しかも短気なのか、山辺の言葉が終わらないうちに問いを発している。朋子は後輩たちと目を見交わし、怖い、と密かに頷き合った。

「ではどこです」

もしかしたら本人にそのつもりはないのかもしれないが、愛想が一切ないからか怒っているように感じてしまう。まるで山辺は尋問《じんもん》されているかのようだ、と朋子は同情したのだが、次の瞬間、その同情を返してほしいと心底思うような行動を山辺はとったのだった。

「あ、青井君！　榊原副院長のところにご案内して」

「えっ」

「………」

なんで私、と驚いたせいで思わず声を上げてしまったあと、慌てて口を閉ざす。

朋子が声を上げたからだろうか、田中が驚いたように目を見開く。

「あ、すみません」

咄嗟《とっさ》に謝ったのだが、そのときには既に田中はもとの無表情に戻っていた。

「お願いします」

会釈《えしやく》する田中に朋子もまた会釈を返しはしたものの、内心の『どうして私が』という憤《いきどお》りを抑えることはできなかった。

ちらと見やると、榊原副院長の秘書、今泉が朋子の視線を避けるように俯いている。

ここは私じゃなくて彼女だろう。なんでもかんでも振ってきて。しかしSPの前で怒りを露わにするわけにはいかない、と朋子は憤りを笑顔の下に封じ込めると、

「ご案内します」

と先に立ち、ドアへと向かっていった。田中が朋子のあとに続く。

案内するといっても、副院長室は秘書室の隣にある理事長兼院長室の隣だった。ノックをすると中から榊原の、

「はい」

という声が微《かす》かに響いた。

「失礼します。ＳＰのかたが本日の式次第をチェックされたいとのことです」

ドアを開き、中にいた榊原副院長に告げる。

「ああ、そう」

実は朋子は、榊原を少々苦手としていた。

理事長の義弟——妹の夫である榊原は、毎日、全身高級ブランド品で固めているところが俗物《ぞくぶつ》っぽいということもあるのだが、何より朋子の知る限り二人のナースに手を出しているという噂《うわさ》があることに、嫌悪感を覚えていた。

噂は噂であるので、真偽のほどはわからない。が、噂になったナースたちが病院を去っていったところを見ると、事実なのではとしか思えないのだった。

特に一人のナースは辞めるつもりはないのに無理矢理辞めさせられた、と、当時かなり噂になったのだが、副院長は余程面《つら》の皮が厚いようで、陰でいくら囁《ささや》かれようがどこ吹く

風、とスルーを決め込んでいた。

まさに厚顔無恥《こうがんむち》な上、外見も肌も目も性格もギラギラしている榊原は、今日のように義兄の理事長を差し置いて病院の公式行事を勝手に仕切ることがよくある。

行事だけでなく、式典のおおもととなった、難病救済のための基金設立自体も、理事会にかけられるまで理事長はまったく知らなかったという話だった。

勝手に大々的にマスコミ発表をしてしまい、勝手に式典を仕切る。理事長にとってかわろうとしているのではという噂も出ているというのに、当の理事長は『あいつは勝手だなあ』と呆れてはいるものの、本人を叱《しか》ることもなく、不快感を表すことすらしない。

『病院のためを思ってくれているんだろう』

鷹揚《おうよう》にそう許しているのは、病院のトップは完全な世襲《せしゅう》制であり、何があろうと自分の理事長兼院長の座は安泰であるためではないかというのが、朋子を含めた病院内の皆の認識だった。

「田中さん、こちら、副院長の榊原です。副院長、SPの田中さんです」

互いを紹介してから朋子は、自分の役目は終わったと思ったこともあり、

「失礼いたします」

と頭を下げ、部屋を出ようとしたのだが、そんな彼女を榊原が呼び止めた。

「青井君」

「はい」

「はい」

と、なぜか朋子と一緒に、田中も返事をした。朋子も、そして榊原も一瞬唖然としつつ、何事か、と彼を見る。

「失礼しました」

田中はすぐさま頭を下げ、口を閉ざした。一体なんなのだ、と首を傾《かし》げかけた朋子に、同じく首を傾げながらも榊原が声をかけてきた。

「山之内代議士への花束贈呈だが、結局君に決まったんだろう？　よろしく頼むよ」

「かしこまりました」

頭を下げた朋子の耳に、嫌みったらしい榊原の声が響く。

「君も『病院の顔』となってもう十年だろう？　そろそろ後進に道を譲ったらどうだい？ああ、こんなこと言うとセクハラで訴えられてしまうかな」

あはは、と高い笑い声を上げる榊原のこの手の発言は、今が初めてではなかった。若い頃に何度か食事に誘われたのをあれこれ理由をつけて断ったことが未だに尾を引いているらしいのだが、本当にしつこい、と思いつつも朋子は笑顔のまま、

「失礼します」

と頭を下げ退室した。

まったくもう――。ドアを閉めた途端、人目を気にする必要がなくなったため、朋子は鬼の形相《ぎょうそう》になっていた。と、閉めたはずのドアが不意に開いたと思うと、ぬっと田中が顔を出したものだから、驚いた朋子はそのまま固まってしまった。

「……っ。失礼」

だが田中にぎょっとされ、自分が酷《ひど》い顔をしていることを自覚する。

「あの、なんでしょう」

慌てて顔を作るも、内心ではすっかり動揺《どうよう》してしまっていた。

「いや。贈呈する花束が届いたらチェックさせてください」

田中はそれだけ言うと、一礼しドアを閉めてしまった。

「……………………」

なんなのよ――――っ!!

その場で絶叫しそうになるのを気力で堪えると朋子は、再びドアが開いてもいいように、両頰《りょうほお》をパチパチと叩いて『鬼の形相』から普通の表情に戻すと踵《きびす》を返し、秘書室へと戻るべく歩き始めた。

今日は厄日《やくび》に違いない。マスコミ前での政治家への花束贈呈の役を急に振られたこと、後輩にまた陰口のネタを与えてしまった。強面《こわもて》で感じの悪いSPの登場。副院長からの嫌み。

怒りのままに歩いていたが、ふと右足に違和感を覚え振り返る。

「まったく……っ」

違和感の正体は、膝下からピーッと足首まで走っているストッキングの伝線だった。今時のストッキングは滅多《めった》に伝線なんてしないというのに。

本当に今日はついていない。天を仰《あお》いでしまっていた朋子だったが、まさかこの先、これ以上の『ついてない』ことに見舞われることになろうとは、未来を予測する力のない彼女にわかろうはずもなかった。

式典は十四時から行われるとのことで、予定通り十三時半に人気代議士、山之内一友が病院にやってきた。

桐谷理事長室を訪れた山之内に、お茶を持っていく役を今泉と幸村が争ったが、結局原始的な解決策、『じゃんけん』で幸村がその役を勝ち取ったのを、朋子は冷めた目で見つめていた。

朋子も山之内の顔は知っている。確かにイケメンではあるが、それが？　というだけの感想しか抱けない。

「めっちゃ、爽《さわ》やかでした!!」

お茶を出し終えた幸村が、興奮気味に報告をして寄越すのを、今泉と神谷が「いいなあ」と心底羨《うらや》ましげな顔で聞いている。

「同行されてる秘書のかたもイケメンなんです。お二人とも左手の薬指に指輪なかったですけど、独身だと思います？」

「山之内代議士は独身じゃなかった？　週刊誌で女優やスポーツ選手の何人かと噂になってたけど、結婚はしてなかったんじゃないかな」

「独身！　やったぁ！」

「『やったぁ』って、みゆちゃん、あなたが結婚できる可能性って、ほぼゼロだから」

呆《あき》れた声を上げる今泉に、

「わからないじゃないですかぁ」

と幸村が口を尖らせる。

「いや、わかると思う」

「幸村さん、ポジティブですよね。見習わないとなあ」

「見習っちゃダメなやつでしょ、そのポジティブさは」

　自分以外の若い秘書たちが盛り上がっている。その輪の中に朋子が加わらないのは、いわば『暗黙の了解』ともいうべきもので、理由は話題が結婚に関することだからだった。

　三十代にとっての『結婚』と二十代にとっての『結婚』の重さは天と地ほどに違う。今、朋子が話題に加われば微妙な空気が流れることをお互い認識しているために、声を掛け合うことはない。しかし心の中では朋子もしっかり幸村に対し、

『ほぼどころか完全にゼロだろ』

　と突っ込みを入れていた。

　そうこうするうちに式典の時間が迫り、後輩秘書たちはギャラリー側へと、朋子はステージ側へと向かった。

　マスコミが来ているということだったから、と、ロッカーに寄り化粧《けしょう》を直す。鏡に映る自分の顔には険《けん》があるなあと溜め息を漏《も》らしつつ、朋子は手早く化粧直しを終えると式典が行われるホールのバックヤードへと急いだ。

　今、壇上《だんじょう》では副院長の榊原が、難病治療を支援するという基金の説明を行っていた。

「我々ができる社会貢献とは何か。それを考えた結果の基金です。国内外を問わず、『難病』に認定されているあらゆる患者さんの治療のための基金を厚生労働省のご協力のもと、今般《こんぱん》立ち上げました。一人でも多くの患者さんの命を救えるよう。そして一つでも多くの難病の治療法を見つけられるよう、挑み続けて参ります」

「………」

なんだろう。志《こころざし》の高いことを言っているのは間違いないが、口調がわざとらしいからか酷くうさんくさく聞こえる。

単に自分が榊原をあまりよく思っていないからそんな印象を持つのだろうか。穿《うが》ちすぎだわ、と肩を竦《すく》める朋子の耳に、ギャラリーの拍手の音が響いてくる。

「本日基金設立のお祝いに山之内一友先生が駆けつけてくださいました。先生、ひとこと、お願い致します」

司会の女性が綺麗《きれい》な声で山之内代議士を紹介する。今日の司会は榊原が雇ったプロの女性だった。ギャラはいくらなんだろう。そのギャラも基金から出す気かしら。そう思いながら朋子は、今、手渡された豪華な花束を見やった。派手なパフォーマンスを好む榊原らしい派手さで、薔薇《ばら》だの百合《ゆり》だの、高そうな花が山盛り詰まっている。

「ご紹介にあずかりました山之内です。難病基金、実にすばらしい試みだと思います。黎陽会の設立したこの基金が最大限の効力を発揮できるよう、我々も協力を惜しまぬ所存です」

凛《りん》としたいい声だ。聴き惚《ほ》れていた朋子を、進行役の榊原の部下が、「こちらです」とステージの袖《そで》へと導く。

ようやく山之内のご尊顔《そんがん》を拝することができた。確かにイケメンだわ。モデルかってくらい、身長が高くスタイルがいい。

九頭身くらいあるんじゃないかな。四十二歳だったか三歳だったか。とてもその年齢には見えない。テレビで観るより断然かっこいい。

と、このあたりで朋子は我に返った。我ながらミーハーだわ、と恥じつつ、段取りを頭の中で反芻《はんすう》する。

挨拶《あいさつ》が終わったら花束を渡す。司会者がきっかけを出してくれるわけじゃないから気をつけていなければ。

見惚れている暇はなかった。舞台の山之内を凝視し、挨拶に耳を傾ける。

「今後ますますの黎陽会の発展と、基金の充実を願います」

頭を下げる山之内に対し、割れるような拍手が送られる。今だろう、と朋子は花束を抱え直し、舞台上に一歩、踏み出した。

山之内が朋子に気づき、微笑《ほほえ》みかけてくる。その笑みには心臓を射貫《いぬ》かれる。皆が花束贈呈役を羨ましがるわけだ、と思いつつ朋子は山之内に向かっていった。

「…………」

途中、あ、と声を上げそうになったのは、ステージの前、最前列の一番奥にＳＰの田中がひっそりと立っていることに気づいたためだった。

百九十センチの身長に筋骨隆々としたがたいのよさ。なのにかなり距離を詰めるまでいることに気づかなかった。

式典を邪魔しないよう、存在感を消しているんだろうか。だとしたらさすがだ。もしかしたらＳＰとしてとても有能な人なのかもしれない。

しかし彼に気を取られている場合ではなかった、と朋子はすぐさま意識を山之内に戻すと、既に目の前に到達していた彼に笑顔で花束を渡そうとした。山之内もまた極上《ごくじょう》の笑顔を朋子へと向けつつ、花束を受け取るべく手を差し伸べてくる。

なんやかんやいって、これは美味《おい》しい役目だったかも。最前列に詰めかけたマスコミや病院関係者が一斉にカメラのフラッシュを焚《た》く。目を開けていられないような眩《まぶ》しさの中、朋子が花束を山之内に渡しかけたそのとき、凜とした男の声がホール内に響き渡った。

「危ない！」

「え？」

反射的に声のほうを見た朋子の視界に、血相を変えた田中がステージに飛び上がってくる姿が飛び込んできた。

高さは一メートル以上あるだろうに、なんて跳躍力！ と見開いた目の端、いつの間に現れたのか、ステージのほぼ正面に立つ男の姿がよぎった。

真っ直ぐ前に伸ばされたその手に握られているのはピストルでは。と朋子が気づいたとほぼ同時に、会場にいる皆も気づいたらしく、近くにいたギャラリーたちが口々に大声を上げる。

「きゃーっ」

「どうしたっ」

「け、拳銃だ！」

悲鳴。怒号。それらの声がやたらと遠いところから聞こえる。目出し帽を被《かぶ》った男の指が拳銃の引き金にかかる、その動作がスローモーションのように朋子の目には映っていた。

逃げなければ。そう思うのに、身体《からだ》はまるで金縛《かなしば》りにあっているかのように指一本動かすことができない。

撃たれる？ いや。銃口が向いているのは自分ではなく――。

「伏せて！」

目の前に、ダークスーツを着た男が飛び込んでくる。文字どおり、横飛びとなり、銃で狙われていた山之内代議士を突き飛ばす。

銃弾から代議士を守ろうとしたのだろう。身を挺《てい》し、盾となって代議士を守ったのは田中だった。勢い余り、立ち尽くしていた朋子のところまで飛んできた彼の頭と朋子の頭が物凄《ものすご》い勢いでぶつかった。

「痛っ」

あまりの痛みに悲鳴を上げた、朋子の声と銃声が重なって響く。

撃たれはしなかった――わよね？

今やホール内は大混乱を極めている。皆が出口に殺到する気配を感じながらも、遠くなる意識を繋《つな》ぎ止めることができず、朋子はそのままステージ上で、覆《おお》い被さってくる田中の身体の重さを覚えつつ気を失ってしまったのだった。

「う……」

酷《ひど》く頭が痛む。割れるように痛い。頭痛ってよりは、瘤《こぶ》？　なんで私、寝てるんだっけ。

意識を取り戻しつつある朋子の脳裏《のうり》に、壇上《だんじょう》から見た、目出し帽の男の姿が蘇《よみがえ》った。

そうだ。式典に出席した山之内代議士に花束を渡す際、ピストルを持ったあの男に代議士が撃たれそうになったのだ。

それを庇《かば》ったSPの熊——確か、田中という名だったか。彼が身を挺して代議士を庇った。あの横飛びの跳躍力は凄かった。

で、勢い余って私にぶつかってきたんだった。頭と頭がぶつかって、それで気を失ってしまったのだ。

ガタイもよかったが、酷い石頭だ。頭まで鍛えているんだろうか。やだ、私って馬鹿？　どうやったら頭蓋骨《ずがいこつ》を鍛えられるっていうのかしら。

「ふふ」

——ん？

今、私が笑ったのよね？　耳に響いてきたのは、低い男の声だけど。

首を傾《かし》げつつ、目を開けた朋子の視界に、病室の天井が飛び込んできた。

「先生、目を開けました」

続いて端整な顔をした男の顔が、ひょい、と視界を横切る。見覚えがある。あ、ステージ裏に控えていた人だ。もしかして、山之内代議士の秘書かしら。幸村曰《いわ》く、秘書もイケメンだったと言っていたから。

未だ、ぼうっとしたまま天井を見上げていた朋子は、続いて視界に入ってきた顔を見て、驚いて思わず起き上がった。

「君、大丈夫か？」

心配そうな顔で屈み込んできたのは、朋子が壇上で花束を渡そうとしていた山之内代議士、その人だった。

「す、すみません！　大丈夫ですっ」

慌てて飛び起き、そう告げた途端、朋子は己の声の野太さに驚いたせいで、思わず高い声を上げてしまった。

「な、なに？」

だがその声もやはり野太い。まるで男の声じゃないか、と朋子は己の喉《のど》に手をやろうとし、その手のごつさにまた驚いて悲鳴を上げた。

「なにこれっ」

「き、君？」

広げた両手はどう見ても男の手だった。どうしたことか、と己の身体を見下ろし、病院着を身に纏《まと》った分厚い胸板に驚いてまたまた悲鳴を上げる。

「なんなのこれっ!?」

「どうした、君、気を確かに」

取り乱す様子を案じてか、山之内代議士が両手を伸ばし、朋子の肩を摑《つか》み揺さぶってくる。が、その手が摑む肩幅がやたらと広いことにも朋子はすっかり動転していた。

「なんなの？　ねえ、なんなの？」

『なんなの』以外の言葉がまったく浮かばない。山之内代議士の手の感触はしっかり伝わっているということは、代議士が摑んでいるのは自分の肩なのだろうが、なぜ今、肩幅がやたらと広いのか。

まるで男の肩じゃないか。しかも筋骨隆々の。なんで？　何が起こっているの？

「なんなのー？」

動揺《どうよう》のあまり、叫んでしまっていた朋子の耳に、聞き覚えのある女の声が、そのとき不意に響いてきた。

「どうしましたっ!?」

「先生！　こちらのかたも目を覚まされました！」

続いて先程の、秘書と思《おぼ》しき若い男の声も響く。

「……え？」

反射的に声のほうを見た朋子は、信じられない光景を前に、それまで取り乱していたことも忘れ、驚きのあまり声を失った。

「……え……？」

隣のベッドの上、今目を覚ましたという女性が身体を起こし、朋子のほうを見て、愕然《がくぜん》とした顔となっている。

同じく愕然とする朋子を見つめていたのは――朋子だった。

「……え？」

食い入るように自分を見つめ、小さく声を漏《も》らした、その声は間違いなく自分のものだ、と朋子は信じられない思いから、未だ肩を摑んでいた山之内の手を振り払うようにし、隣のベッドに向かい身を乗り出した。隣の『朋子』もまた、身を乗り出し、朋子に顔を寄せてくる。

「……わたし？」

そっくりな別人、ということはない。間違いなく自分だ。と、朋子は手を伸ばし、その顔に触れようとした。

「……俺……？」

と、『朋子』もまた自分に向かい、手を伸ばしてくる。

爪を彩るネイル。一昨日、ネイルサロンでやってもらったばかりの新デザインだ。春らしく桜をイメージした薄いピンクに、控え目にストーンをあしらった上品なネイルは確かに自分が選んだデザインだった。

そして右手薬指の指輪。あれも数年前、ボーナスで買ったプラチナに小さなダイヤで花を象《かたど》ったお気に入りのリングである。

ということは――。

間違いなく目の前にいるのは『自分』だ。察した瞬間、張り詰めていた朋子の神経の糸がぷつりと途切れた。

信じられない。自分で自分の姿を見るなんて、もう私は死んじゃってるんじゃないの？ドッペルゲンガーっていうんだっけ？

「あ！　おいっ」

目の前の『自分』が酷く慌てた顔になる。私『おい』とか言わないはずなんだけど。そんなことをちらと考えたのを最後に朋子は、そのまま前のめりに倒れ込むようにして気を失ってしまったようだった。

2
Aoi

「あ、君！　大丈夫か!?」

目の前で白目を剝《む》き、倒れているのは間違いなく自分だ。

目覚めたばかりということもあり、田中葵《たなかあおい》は驚くばかりであったが、山之内《やまのうち》代議士の秘書、速水《はやみ》が、

「医師を呼んできます！」

と部屋を出ようとしたのを反射的に止めた理由は、葵自身、よくわかっていなかった。

「すみません、医者はちょっと待ってください」

「え？」

速水が戸惑った声を上げ、足を止める。と、山之内代議士が速水に声をかけた。

「速水君、鏡を借りてきてくれ」

「鏡、ですか？」

速水は聞き返したが、すぐさま、

「わかりました」

と答え、病室を飛び出していった。

「…………」

その間に葵はベッドから下り、隣のベッドでうつ伏せ状態で倒れている『自分』の身体《からだ》を起こそうとした。顔をよく見ようとしたのである。

「……っ」

重い。少しも力が入らない腕を、身体を見下ろし、首を傾げていた葵に手を貸してくれたのは山之内だった。

「……っ！　先生、申し訳ありません」

山之内代議士が『葵』の身体を仰向《あおむ》けにしてくれる。慌てて詫《わ》びた葵だったがはっきり顔が見えるようになった結果、やはりそこに横たわっているのは自分としか思えず、何がなんだかわからない、と、気づけば山之内の存在を忘れ、食い入るように見つめてしまっていた。

と、そこに、山之内の命を受けた速水が戻ってきた。息を切らせている彼の手には、看護師から借りたのか手鏡が握られている。

「先生、鏡です！」

「ああ、ありがとう」

笑顔でそれを受け取った山之内が、すっとその鏡を葵に差し出してきた。

「君、ちょっとこれで自分の姿を見てはもらえないか？」

「……はあ」

なんとなく、今、起こっていることは推察できる。鏡を受け取るこの手。自分のものとは到底思えない。

しかも非力。声もまた男じゃない。そして——。

『……わたし？』

自分とそっくりな顔をした男が、自分を見てそう告げ、気を失った。その男の顔は今改めて見ても、自分としか思えない。

となると。

「………」

手鏡を受け取り、鏡面を見る。

「……やはり……」

映っていたのは、病院の秘書、山之内への花束贈呈役を務めていた女性だった。

まず、美人である。セミロングの黒髪、色白で小さな顔の中に大きな瞳、通った鼻筋、形のいい唇がバランスよく収まっている。華やかでありかつ品もある。マスコミの前で代議士に花束を贈呈する役をふられるあたり、『病院の顔』なのだろうと葵が認識したまさにその綺麗《きれい》な顔が、鏡の中で自分を見つめていた。

「とても信じられないが、もしや、君、中身はSPの田中君なんじゃないか？」

予想はしていたものの、やはり愕然とせずにはいられないでいた葵に山之内がそう、問うてくる。

「先生、そんな、SFみたいなこと、あるわけないじゃないですか」

速水がそれを聞いて噴き出し、ねえ、と葵に同意を求めてくる。

「…………いや、それが……」

本当にSFとしか思えない。現実にはあり得ないことなのだが、と葵は速水に向かい、首を横に振ってみせたあと、視線を山之内へと戻した。

「山之内先生の仰《おつしや》るとおりです。今、ここで気を失っているのが私の本体……といいますか。中身は先程の様子からすると、この秘書の女性と思われます」

「ちょ、ちょっと、あなた、ノリが良すぎますよ。冗談はやめてください」

速水が呆《あき》れた声を上げるのを、山之内が制する。

「速水君、君は僕が冗談を言っているとでも思ってるのか。この状況で。君にとっての僕は一体、どういうキャラクターなんだか」

まったく、と今度は山之内が呆れてみせると、速水は、信じられない、というように目を見開いた。

「真面目《まじめ》に仰ってるんですか？　先生こそ、医師が必要だったってわけか」

「なわけがない」

ペシ、と山之内が速水の頭を軽く叩く。

「…………いや、普通、ないですよね？　中身が入れ替わるって一体どうやったらそんなこと、できるんです？」

「知らないよ。しかし現に起こっている。そうだよね、君」

山之内に声をかけられ、葵は「はい」と頷《うなず》いた。

「……嘘でしょう？」

速水に疑わしげな目を向けられても、葵は少しも怒りを覚えなかった。

「……嘘ならよかったんですが」

速水同様、否《いな》、それ以上に現実主義者である自負を持つ葵にとって、今、自分が置かれている状況は、現実ではあり得ないとしかいいようのないものだった。

しかし紛《まご》うかたなく『現実』であることは、自分が一番よくわかっている。まだこれが夢の中だった、というほうが信じられるのだが、残念ながら、と葵は溜め息を漏らし首を横に振った。

「……マジ、ですか……」

速水が啞然《あぜん》とした顔になる。

「そういう言葉遣いはやめたほうがいいね」

すかさず山之内が彼に注意を与える。

「いやいやいや、今はそれどころじゃないでしょう。先生、奇跡ですよ。一体なにがどうやったら人格の入れ替わりなんかが起こるんです？　ドラマや映画じゃないんですよ？　本当のことだったらもう、大ニュースです！　いや、しかし、誰が信じますかね？　えー、まったく、どうしたらいいんだ⁉」

「落ち着きなさいって。なんで君が取り乱すんだ。当の本人はこんなに落ち着いているというのに」

山之内が、速水を咎《とが》め、視線を葵へと向ける。

「改めて君のことを教えてもらえるか？　田中君……だったね？」

「はい。警視庁警備部警護課勤務、田中葵巡査部長です」

警護の前に、六名のＳＰ全員、自己紹介はした。が、名前を覚えているとは思わなかったと内心感心しつつ、葵は敬礼をし、所属と名前、そして役職を名乗った。

「皆からは『葵』と呼ばれていたね。リーダーが田中警部補だからかな？」

山之内が、ますます葵を感心させる問いを発してくる。

「はい。田中班であることと、警護課には『田中』がもう一人いるため、名前で呼ばれております」

「葵……可愛《かわい》い名だね」

にっこり、と山之内が微笑《ほほえ》み、そう告げたのに、葵はリアクションに困り、そのまま固まってしまった。

「ああ、失敬《しっけい》。外見がそうなだけに、つい……ね」

途端に山之内が苦笑し、ウインクしてみせる。

「確か彼女の制服の上着についていた名札によると、名字は青井《あおい》さんというようだね」

「そうなんです。彼女が呼ばれると自分が呼ばれているのかと、何度も勘違いいたしました」

「あおい、繋《つな》がりだったんですかね。入れ替わり」

と、ここで速水が言葉を挟んでくる。

「なわけない……いや、わからないね。こんな状況に遭遇《そうぐう》したのは初めてだからな」

山之内がそう答えるのに、速水はちらと葵を見たあとに山之内へと視線を戻し口を開いた。

「ここはやはり、医師に診《み》てもらったほうがいいんじゃないでしょうかね。我々の手に余りますよ。僕なんてもう、脳がキャパオーバー起こしてます」

「…………」

確かに、と葵もまた頷いてしまったのは、状況は理解したものの、対処法はまるで思いつかないために、医者に頼るのも手か、と思ったからだった。

が、山之内の意見は違うらしく、

「医者は駄目だよ」

と断言する。

「えー、どうしてです？」

葵の抱いた疑問を、かわりに速水が聞いてくれた。

「モルモットになるぞ。こんな、国内外でも症例がない状況だ。メディアは押しかけるだろうし、元に戻すのに人体実験よろしく、おもちゃにされるのは間違いない。絶対、内密にしないといけないよ」

「でもそれならどうやってもとに戻すんです？　医学の力を借りるべきなんじゃないです

か？　モルモットでもなんでも」

　口を尖らせる速水を、

「君がモルモットになってみろ」

　と山之内が睨《にら》む。

「そもそも、症例があるようなら医師にも頼るよ。だが、君もさっき言ったが、これはもう、ＳＦだ。医者がどうこうできることじゃないよ」

「……まあ、そうでしょうけど」

　しかし、と言葉を足そうとする速水を、高圧的な口調で山之内が遮《さえぎ》った。

「そうでしょうけど、じゃない。そうなんだ。医者なんかに任せてはおけない。しかし彼は僕を庇《かば》った結果、こうした状態になった。彼女は巻き込まれた形だ。それなら僕が責任を持たねばならないだろう。そうは思わないか？　速水君」

　滔々《とうとう》と語られる山之内の言葉に、速水が、

「確かに……っ」

　と納得する。

　まったく当事者である自分も、そして彼女も、置いていかれている形になっている、と二人を見守るしかなかった葵は、不意に山之内から話しかけられ、はっと我に返った。

「田中葵君、僕に任せてもらえるかな。途中で放り出すことは決してないと約束する。君と彼女が無事に自分の身体《からだ》に戻れるよう、僕が最後まで責任を持って面倒を見る。なのですべてを僕に任せてほしいんだ」

「……はあ……」

どう答えていいのやら。戸惑いながらも頷いた葵に対し身を乗り出し、山之内が弁舌《べんぜつ》を振るい出す。

「僕は当面の間、ここに入院することにしよう。秘書に彼女——というか君を、警護に彼……というか、彼女をつけたいとそれぞれ、病院と警察に申し入れるよ。常に我々は行動を共にする。それなら他人にばれることはないだろう?」

「大変有りがたいお話ではありますが、警察が申し出を受けるかは不明ではないかと……」

正直、受けるわけがないと葵は思っていた。SPは一人では機能しない。能力がいくら高いSPであっても、警護対象を二十四時間、守り切るのは困難である。

数名、かつローテーションを組むことが必須《ひっす》となるのに、一人だけ指名、というのは少なくとも田中班長は承知すまい。そのようなことを考えていた葵の頭の中を読んだかのように、山之内はニッと笑うと、

「あまり褒められたことではないが、政治力を使うんだよ」

そう言い、パチ、とウインクしてみせた。

「…………」

なるほど、警視庁幹部に働きかけるということか、と葵が納得したそのとき、

「うー……ん」

聞き覚えがありすぎる呻《うめ》き声が響き、視線を声の主へと——姿形は『自分』であるが、中身は違う、傍《かたわ》らのベッドに横たわる人物へと向ける。

「目を覚ましたようです」

様子を見ていた速水に言われるまでもなく、『葵』が目を開くさまを葵は見ていたのだが、

「君、ちょっと下がっていてもらえるか？」

と山之内に腕を引かれ、言われたとおりにドア近くまで下がった。『自分の』姿を見ればまた彼女が動揺《どうよう》するだろうと察したためである。

「……あ……」

目を開けた『葵』に、やや覆《おお》い被《かぶ》さるようにし、山之内が声をかける。

「君は病院に勤務している青井さんだね？　私に花束を渡してくれた」

「……はい…………え……？」

返事をしたものの、答えた声が男性のものだったため、『葵』の姿をした青井は戸惑いの声を上げる。

「落ち着きなさい。理由はさっぱりわからないが、君はどうやら、ＳＰの田中葵君と中身が入れ替わってしまったようなんだ」

「い、入れ替わり？」

戸惑いの声を上げたものの、その声に違和感を覚えた様子で口を閉ざす。

「起きられるかい？」

そんな彼――中身としては『彼女』に山之内は優しく声をかけると、

「はい」

と頷いた彼女の背を支えて起こした。

「速水」

声をかけ、山之内が手を差し伸べたその手に速水が手鏡を渡す。

「落ち着いてね。見てご覧。これが今の君の姿だ」

子供に言い聞かすかのような優しい、ゆったりした口調で山之内はそう言うと、手鏡を彼女に渡した。

「…………」

彼女がおそるおそる鏡を持ち上げ、顔を映す。その直後に、彼女の口から悲鳴が上がった。

「いやーっ」

いやなのはこっちだ、と、情けない『己の姿』を見て葵は天を仰《あお》ぎたくなった。

「なにこれ。なんなの？　なんで私がこんな顔なの？」

取り乱す彼女の肩を山之内と速水、二人して押さえ込み、

「落ち着いて」

「落ち着いてください」

と口々に訴えている。

だいたい、鏡を握る自分の手がごつい男のものであることで、鏡面に何が映るか、想像できただろうに、と溜め息を漏《も》らしながら葵がベッドへと近づいていったのは、最早、泣き喚く自分の姿を見るのに耐えられなくなったためだった。

「落ち着けと言っているんだ。泣いたところで事態は好転しない」

発した声が女のものであるのにはまだ慣れない。しかし自分はしっかり現実を受け止めている。

いい大人なのだから、いい加減落ち着いてくれ、との思いから出た葵の言葉を聞き、二

人がかりで押さえ込まれていた『葵』の本体の動きが一瞬、ぴた、と止まった。

「わ……わたし……？」

自分を見つめるその目からは涙が溢《あふ》れ、唇はわなわなと震えている。情けなさすぎる、と葵は思わず語気荒く言い捨ててしまった。

「泣くな！　俺の顔で！」

「なんなのよーっ」

再び喚き始めた彼女に葵はつかつかと近づいていくと、その手から鏡を奪いとり、

「見ろ！」

と顔の前に突きつけた。

「きゃっ」

だからそういう妙な声を上げるな、と頭を抱えそうになりながらも、自分の姿をした彼女に訴えかける。

「何が何やらさっぱりわからないが、ともかく俺たちは中身が入れ替わっている。泣こうが喚こうがこの現実は変わらない。まずは現実を受け入れろ」

「田中君、そんなキツい言いかたをしちゃ、可哀想《かわいそう》だよ。彼女が動揺する気持ちもわかる」

と、横からすかさず、山之内がフォローに走る。

「そうですよ。田中さんが落ち着きすぎなんです」

速水もまた尻馬に乗ったようなことを言っていたが、二人が目配せをしてきた様子から、それが彼女を落ち着かせるための演技であると、葵にはすぐわかった。

「………入れ替わり………」

作戦は無事に当たったらしく、『葵』の涙は止まっている。確かに、怒鳴りつけただけでは更に彼女を追い詰め、喚き続けることとなったかもしれない、と葵は少々反省しつつ、突きつけていた鏡を下ろした。

「改めて、今、君の姿をしている俺は、警視庁勤務の田中葵だ。君の名前を教えてもらえるか？　名札には『青井』さんとあったが」

「……青井……朋子《ともこ》です。当院の秘書室勤務で、理事長の秘書をしています」

居住まいを正し、彼女は——朋子はそう言うと、改めて葵の——彼女自身の顔をまじまじと見つめてきた。

「……私の顔……ですよね」

「ああ。君は俺の顔をしている」

「……漫画みたい。映画とか……」

朋子はそう呟《つぶや》いたあと、

「……あ」

　と小さく声を上げた。

「どうした？」

　葵が問いかけ、顔を覗《のぞ》き込む。山之内と速水も見守る中、『葵』の顔をした朋子が葵を見上げ、思わぬことを言い出した。

「私たち、頭ぶつけましたよね。映画でそういうの、ありませんでした？」

「頭……ああ」

　そういえば、と葵が自身の頭に手をやる。

「瘤《こぶ》になっている」

「えっ。こっちはなってないみたい」

　朋子もまた自身の頭を両手で弄《いじ》ったあと、首を傾《かし》げつつそう言い、まじまじと葵を見上げてきた。

「石頭ですね。私の頭、見せてもらっていいですか？」

「え？　ああ。ここに瘤が」

　瘤のできた部分を指さすと、朋子がおそるおそる手を伸ばし、瘤に触れる。

「痛っ」

「ほんとだ。瘤になってる。そう、ここがぶつかったんです。頭、大丈夫でしょうか。私。骨とか、ヒビはいってないですかね」

痛いのは今は葵のほうなのだが、身体を心配しているのは朋子である。まあ、自分のものだからそうなるか、と納得しつつ、痛みから呻《うめ》いた葵の顔を朋子が覗き込んでくる。『朋子』ではあるが自分の顔が、実に情けない表情を浮かべていることに葵はなんともいえない気持ちになり、思わず溜め息を漏らしそうになった。

「お二人の精密検査は明日にも行われる予定になっています。意識が戻る前に医師が診察してくださっていますが、外傷は特になしとのことでした」

「脳の問題かもしれませんよね。脳が二人して壊れちゃったとか？」

朋子が、はっとした顔になり、そう告げる。その顔が自分のものだけに、なんて馬鹿げたことを、とまたも葵は呆《あき》れ、思わずその思いが口から出てしまった。

「脳が壊れたとしたら死んでるんじゃないのか？」

「……っ。それはそうだけど……っ」

『自分』が悔しげな顔をしている。間抜け面《づら》だな、と、自己嫌悪に近い気持ちに陥《おちい》っていた葵と、憤《いきどお》っている朋子を、

「まあまあ」

ととりなしてくれたのは山之内だった。

「さっき、田中君の了承はとりつけたんだが、君と田中君は当面、僕の私設秘書、私設SPということで、それぞれ病院と警察に申し入れる。私の命を守ってくれた二人だ。もとにもどれるまで、責任を持つよ」

「……先生……っ」

外見は葵の朋子が感激した顔になる。うっとりと山之内を見つめる己の顔を前に、葵はまたも溜め息を漏らしそうになるのをぐっと堪《こら》えねばならなかった。

「君たちの中身が入れ替わっていることは当面、我々だけの秘密にしよう。医学でなんとかなる問題ではないと思うしね」

「わかりました……っ」

うっとりした表情のまま、朋子が大きく頷《うなず》く。

先程山之内は自分が了承したと言っていたが、はっきり返事をしたわけではないのだが、と思いつつ、己の顔を見ていた葵は、続く山之内の言葉を聞き、愕然《がくぜん》となった。

「実は君たちに協力してほしいことがある。私が命を狙われたことについて、調べる手助けをしてほしいんだ」

「なんですって?」

「はい……っ」

葵の上げた疑問の声と朋子のうっとりした声が重なって響く。

「ちょっと待て」

もっと考えて返事をすべきだろう、と言おうとした葵の目の前、輝く目をした『自分』が、山之内を見つめ弾んだ声を上げている。

「私にできることでしたら、なんなりと……っ」

「………」

だから女は、と溜め息を漏らしそうになっていた葵に、山之内が熱く訴えかけてくる。

「私が探りたいのは、今回記者発表された基金についてだよ。あれは怪しい。実はその怪しさを暴きにきたんだ。それで命を狙われたというわけだ」

「……なんですと？」

初耳だ、と眉《まゆ》を顰《ひそ》めたのは葵だけで、朋子はただうっとりした顔で山之内を見つめていた。

「基金を立ち上げたのはこの病院です。あなたを狙った相手は病院内にいるということですか？　なのにあなたは病院に留まると？」

「ああ。尻尾《しっぽ》を出すのを待つ。動かぬ証拠を摑《つか》むんだ」

「ちょっと待ってください。狙われていることがわかっているのでしたら、その旨《むね》を警察に伝えるべきです。身の回りの警護を依頼すべきだ。何より、この病院からは離れるべきです」

「離れてしまったら敵側のたくらみを暴くチャンスを逸することになる。これまで苦労して追い詰めてきたんだ。この機に一気にチェックメイトだ。我々は運命共同体だろう？大丈夫、君たちを危険な目には遭《あ》わせない。それは約束するから」

「…………」

山之内の口にする『約束』の軽々しさに、呆れたあまり葵は絶句してしまった。

「本気にしていない？」

察したらしい山之内が苦笑する。

「……やはり、医師の力を借りるほうがいいかもしれません」

自分はともかく、朋子は身を守る術《すべ》を持たない。そんな彼女を、危険だとわかっている状況に留めることはできない。

脳がどうこう、という彼女の説には賛成できないが、たとえマスメディアに晒《さら》されることになろうとも、身の危険に晒されるよりはマシではないのか。そう思ったがゆえに葵は山之内にそう告げたのだが、すぐさま速水により却下《きゃっか》された。

「それはお互いのためにならないでしょう。先生は嘘はおつきになりません。必ず、お二人がもとに戻るまで、責任を持ってあたられることでしょう」

「ああ、約束する。心配なら君らへの協力は取り下げよう。それで安心できるかな？」

「………はあ、まあ……」

本当に政治家は口先で生きている人種である。またほとぼりが冷めた頃に協力を申し出てくるのだろうが。

そう思いながらも指摘できなかったのは、警護対象は敬《うやま》うべき、というSPとして身についてしまっていた習性のためだった。

ともあれ、反発しようがしまいが、状況に変わりはない。明日からどうして生きていくか、それを考えるまでだ。

心の中で呟いた葵の視界に、自分の顔をした朋子が飛び込んでくる。

うっとりと山之内を見つめているその眼差《まなざ》し。美人であるという以上に、彼女のプロフィールを何も得られていないということに、葵は天を仰《あお》ぎそうになった。

明日から、どれほどの期間かはわからないが、彼女の外見で生活を送らねばならないのだ。彼女はSPの自分として生きていかねばならない。そこのところ、ちゃんと理解しているのだろうか、と見つめる先、朋子が、酷《ひど》く照れた顔になり、こそ、と呟くようにして告げた言葉に、葵は眩暈《めまい》を起こして俯《うつむ》いてしまった。

「あの……お手洗いにいきたいんですけど、その……男の人ってどうやって、用を足すんですか?」

「………」

そんなこと、と言いかけ、自分が尿意を覚えたときにはどうすればいいのだと思い当たる。

「速水、レクチャーして差し上げろ」

「……はあ……」

淡々と命じる山之内に、速水が頷く。自分がトイレに行きたくなったときにも彼の手を借りるのか。さすがに女性スタッフが呼ばれるのだろうか。どちらにしろ、前途多難だ、と頭を抱えていた葵に向かい、山之内がパチ、とウインクしてみせる。

そのウインクはおそらく、全年齢の女性を虜《とりこ》にするものなのだろうが、同性にはなんの効力も生まないのだが。

しかしそれを口にすることをはばかり、俯いた葵の頭にそのときあったのは、これがすべて悪夢であってほしいという、およそ現実逃避としか思えない祈りだった。

3
Tomoko

すべてにおいて信じられない。

だいたい、人間の中身が入れ替わるだなんて、漫画や映画の世界じゃあるまいし、あるわけがないと思っていた。自分が体験するまでは。

なんだっけ。映画のタイトル。尾道《おのみち》三部作とかいったような。頭がぶつかったくらいで人格が入れ替わるなんて、現実に起こり得るとは思えない。

しかし、あり得たのだ。とても信じられないけれども。

まさか自分がこんな、むくつけき男の姿になろうとは。想像すらしたことがなかった。

しかしこれは『現実』なのだ。紛《まご》うかたなく。

「…………」

はあああああ、とついた溜め息が、男の声であることにまた、溜め息をつきたくなる。

同じ入れ替わるのなら、山之内《やまのうち》代議士だったらまだよかったのに。速水《はやみ》さんだっけ？

あの、イケメン秘書でもよかった。いや、やっぱり男はダメだ。トイレに行くのも一騒動だった。入れ替わるなら、同性だ。

「……同性だって勘弁だわ」

呟《つぶや》いた己の声に、朋子《ともこ》は我に返った。

「…………………」

再び、はあああ、と溜め息を漏《も》らした朋子が今、いるのは、檜坂《ひのきざか》病院の特別室、別名『貴賓室《きひんしつ》』といわれる病室だった。

山之内代議士が狙撃されたショックからの体調不良を訴え、数日入院したいと病院に申し入れた結果、病院内で最も高額なこの部屋が用意されたというわけだった。

病院はまた、山之内の『私設秘書』の希望も聞き入れ、彼の入院中は『朋子』が山之内の部屋に詰めることが決まった。

そして警察もまた山之内の希望を聞き入れ、ＳＰの田中葵《たなかあおい》が『私設ＳＰ』として終日、部屋に詰めることとなったのだった。

今は『葵』の姿をしている朋子は、そのまま病院内に留まった。着替えは同僚が届けてくれ、入浴や着替えをするために貴賓室の隣の病室を与えられた。

貴賓室は、ベッドの置いてある部屋に十名着席できる会議室が併設されている。山之内の就寝時には、朋子はその会議室で寝ることが決まっていた。

しかし『朋子』の姿をした葵は、病室に寝泊まりする上手《うま》い理由が見つからなかったこともあって、夜は朋子の部屋に戻ることになってしまった。

朋子は葵に今住んでいる賃貸マンションの場所は勿論《もちろん》、部屋のどこに何があるかをこまかに伝えたが、あまり納得しているようではなかった彼の様子を――外見は自分そのものなのだが――見るにつけ、一緒に部屋に戻って指導したくなった。

が、SPの『葵』が秘書『朋子』の部屋に同行する理由は何一つ思いつかず、山ほど不安はあれど、仕方なく朋子は葵を一人で自分の部屋に向かわせたのだった。

会議室に運び込まれた簡易ベッドで一夜を過ごしたわけだが、目が覚めたらすべてが夢だった――という希望的観測が空《むな》しく潰《つい》えた結果、今、溜め息をつきまくっている、というところである。

時刻は間もなく、九時を迎えようとしていた。『朋子』の――葵の出勤時間である。既に朋子は山之内と共に朝食をすませていた。山之内から一緒に食べようと誘われたからで、彼もまた、一夜が明ければ人間の入れ替わりなどという常識外の出来事は正しいところに収まっていると思っていたようだった。

それを確かめるために食事に誘われたのだったが、『葵』の外見でも中身は『朋子』とわかると、

「なんと」

と絶句したきり、その話題は打ち切られることとなった。

前日には『責任を持つ』などと言っていたが、安請《やすう》け合《あ》いであったと後悔しているのではないか。そうとしか思えない、とまたも溜め息を漏らしてしまったそのとき、ドアがノックされ山之内の秘書、速水が入ってきた。

「青井《あおい》朋子さんが出社されました。今、ロッカーで着替えていらっしゃいます。間もなくここにいらっしゃいますが、その……」

ここで速水が言葉を詰まらせる。

「……何か、問題が？」

なんだか嫌な予感がする。何を言おうとしたのか、と朋子は速水に問いかけた。

「はあ、その……なんといいますか……」

歯切れの悪い速水の言いように、一体どのような問題が、と朋子が首を傾《かし》げたそのとき、

「失礼します！」

やたらときっぱりした自分の声がしたと同時にドアが開き、制服姿の『朋子』が部屋に入ってきた。

「なにそれー!!」

その姿を見た瞬間、朋子は絶叫してしまっていた。

「は？」

そんな朋子を『朋子』が——外見は『朋子』だが中身は葵である彼が、訝《いぶか》しそうに見返す。

「どうした？　そんな素《す》っ頓狂《とんきょう》な声を上げて」

何を驚いているんだ、と問うてきた彼に朋子は堪《たま》らず叫んでしまった。

「なんですっぴんなのよー!!」

そう。今、目の前にいる『朋子』には化粧《けしょう》の痕跡がなかった。

すっぴん。まさにドすっぴんである。よく芸能人のブログで『すっぴんでぇす』と写真をupしているのを見るが、眉《まゆ》も描いているしファンデーションも塗っているだろう、睫《まつげ》だってエクステだし、という、どこがすっぴん？　というものばかりだ。

いや、今はそんなことに腹を立てている場合じゃなくて！　と動揺《どうよう》のあまり混乱してしまいながらも朋子は、自分の正真正銘《しょうしんしょうめい》の『すっぴん顔』に向かいまくし立てた。

「どうして化粧しないの！　まさかと思うけど顔洗ったきりで来たわけじゃないわよね？　紫外線避けに何か塗っては来てるわよね？」

「いや？　顔を洗ってそのまま来たが？」

「うそでしょー!!」

叫んだ朋子だったが、横から速水が言いづらそうに告げた言葉を聞き、眩暈を覚えその場で蹲《うずくま》ってしまった。

「大変申し上げにくいのですが、彼女が出勤したときの服装はジャージでした」

「ジャ……ジャージ？　ちょっと待って。意味がわからない」

そもそもウチにジャージなどあっただろうか。と、考え、唯一の可能性に気づく。

「こ、高校のときの？」

「勤務先には制服があるということだったので、コーディネートの必要がない、動きやすい服を選んだんだが、何か問題が？」

素顔の自分が訝しそうに首を傾げている。この顔を世間に晒《さら》してきただけでも許しがたいのに、高校の部活で着ていたジャージ姿を秘書室の人間に見られたのかと思うともう、許す許さないという次元の話じゃない。

「あのねえっ」

そのまま怒鳴りつけようとした朋子の前で、『朋子』の顔をした葵が、

「ちょっといいか？」

と口を挟んできた。

「なによっ」

言い訳をしようというのか。できるものならやってみろ。それとも今更謝罪する気か、との思いで怒鳴りつけた朋子に葵が告げた言葉は『言い訳』でも『謝罪』でもなかった。

「そのオネエみたいな口調、なんとかならないか？」

「はぁぁああ⁉」

まさかの駄目出し。駄目出ししたいのはこっちだっていうのに！　そもそも入れ替わったのはこいつがぶつかってきたからだ。頭と頭がぶつかったことが原因としか思えない。なのに駄目出し？　信じられない――と、はらわたが煮えくりかえっているせいで言葉が口から出てこない。

「あと声。もう少し抑えてもらえないか？　俺の声がそんなに通るとは知らなかった。そう張り上げなくてもよく聞こえるから」

「あのねぇえっ」

またも駄目出し。ふざけるなっ！　と怒声を張り上げようとした朋子の目の前に、

「よかったらこれをっ」

と、見覚えのある化粧ポーチが差し出された。

「あ……」

朋子が普段使っている化粧ポーチを手渡してきたのは速水だった。

「ハンドバッグに入っていました。化粧はあなたがしてさしあげたらいかがでしょう」

「わ……かりました」

速水の冷静な言動に、朋子は自分を取り戻した。

取り乱している場合ではなかった。ジャージはともかく、男に化粧ができるはずもない。スキンケアも教えなければできないだろう。

落ち着け、自分。朋子は、はあ、と息を吐き出すと、改めて『自分』に——葵に向き直った。

「教えるわ。明日からちゃんとできるように」

「…………ああ。頼む」

葵もまた思うところがあったらしく、朋子が彼言うところの『オネエのような口調』で話しかけても、もう注意することはなかった。

「あと、今日、何か理由をつけて一緒にウチに行くわ。数日分の服装をコーディネートする」

「助かる」

言葉は短かったが、朋子の言うことを素直に聞き入れてくれるのはありがたかった。

「始めるわね」

化粧ポーチからまずファンデーションを出す。

「こちら、よかったらお使いください」

すかさず速水が乳液《にゅうえき》を差し出してきたのを「ありがとうございます」と受け取った朋子は、素晴らしい気遣いに感動しつつもその乳液を手に垂らし、掌《てのひら》に馴染《なじ》ませると葵の顔へとその手を伸ばしていった。

バリバリじゃないか、と文句を言いかけたが、今は化粧を完成させるのが先、と堪えてただ手を動かす。

普段持ち歩いている化粧ポーチはファンデーションと口紅、それにアイブロウペンシルくらいしか入っていないので完璧《かんぺき》からはほど遠いが、なんとか人前に出ても恥ずかしくない顔に仕上げることができた。

「そういえば……」

制服はきっちり着込んでいる。よかった、と安堵《あんど》しつつ朋子は、ふと、自分にとってもハードルが高かったことは彼にとってもハードルが高かったのだろうかと、確かめてみたくなった。

「下着、うまくつけられました？」

ボクサーパンツを穿《は》くのは簡単だ。が、収まりが悪い気がしてならない。葵は見たところ、上手《うま》くブラジャーをつけているようである。抵抗はなかったんだろうか、と問いかけた朋子の前で葵の顔がみるみるうちに紅く染まっていった。

「……すまん」

「…………」

なんだその謝罪は。眉を顰《ひそ》めた朋子の視線を避けるように俯き、葵が、ぼそ、と告げる。

「……触ってしまった……」

「…………」

それ、言われるほうがよっぽどいやなんだけど。ブラをつけるときに胸を触るのは不可抗力だ。それをいったら朋子も、ボクサーパンツを穿くときには見たくもないが葵のイチモツが目に入る。しかしそれを本人に伝えようとも思わないし、謝罪しようとも思わない。お互い様、でいいじゃないか。思わず睨《にら》み付けてしまっていた朋子の意図を察したのか、葵がバツの悪そうな顔になる。

「……問題なし、ということですね」

速水が綺麗《きれい》にまとめようとする。他人事《ひとごと》だと思いやがって、と内心口汚く罵《ののし》ってしまいはしたが、朋子がそれを口にすることはなかった。

「あの」

と、ここで葵が思いがけず、速水に向かい声を発した。

「なんでしょう」

「山之内代議士におかれましては、昨夜は問題なく過ごされましたか？」

「……っ」

やはりこの人はSPなのだなと朋子は思い知り、やたらと凛々《りり》しく見える己の顔へと視線を向けてしまった。

「はい。特に変わったことはありませんでした」

即座に答える速水に葵が問いを発する。

「食事などはどうされているのですか？」

「こちらで用意しています。我《わ》が儘《まま》扱いされていますが致し方ないかと」

「それが安全でしょう。病院ぐるみというわけではないとは思いますが……」

『朋子』が難しい顔となる。

「え？　あの……」

今の会話からすると、山之内代議士や葵は、代議士の命を狙ったのは病院の人間と考えているようである。それはないのでは、と、朋子は思わず口を挟んでしまった。

「ウチの病院が山之内先生の食事に毒を盛ると思われているのですか？　さすがにそれはないと思いますよ。そんな恐ろしい場所じゃありません。第一、入院中に毒殺されたら疑われるのは病院しかないじゃないですか」

「だから『病院ぐるみではない』と言ったじゃないか」

それに対し、葵が、やれやれ、といったように溜め息をつきつつ答えを返す。呆《あき》れられているのがわかったが、それが自分の顔であるだけに、倍、かちんときて、むっとしたまま朋子は言い返してしまった。

「ウチの病院にテロリストがいるかのような物言いはやめてもらえませんか？　そんな、危険な場所じゃありませんから」

「自分の勤務先をけなされたように感じているんだろうが、昨日の代議士の話は聞いていたのか？」

ますます呆れた顔になる『自分』に朋子の苛立《いらだ》ちは募《つの》る。

「聞いてましたけど？」

「代議士が命を狙われる理由は、この病院が主体となって始める基金を怪しんだことにある可能性が高い。となれば病院の誰かが昨日の代議士狙撃にかかわっているのではないかというのは、ごく当然の推論じゃないのか？」

「それは……っ」

理詰めで冷静に諭《さと》されると、何も言えなくなる。それがまたむかつく、と睨み付けると、『朋子』がまた、やれやれ、と溜め息を漏《も》らし肩を竦《すく》めた。

「自分の顔で『それ』はつらいな」

「どういう意味よっ」

彼の言いたいことがおよそわかったため、朋子は葵を怒鳴りつけた。

「そういう、情緒《じょうちょ》不安定なところだ」

にべもなく葵が言い捨て、朋子が怒鳴りつける前に言葉を続ける。

「秘書室には一日一度は顔を出せといわれていることもあるし、病院内の情報を集めるためにもこれから行ってみようと思う。その前に基礎知識を仕入れておきたい。話を聞かせてもらえるか？」

「………わかりました」

朋子は相当腹を立てていた。が、葵の依頼を受けたのは、病院内に危険などないということを証明したかったためだった。

「秘書室のメンバーは？　昨日は男性室長一人、女性秘書があなたを含めて四人いたと記憶するが」

「メンバーはその五名です」

一瞬、顔を出しただけであるのによく覚えているなと感心しながら、朋子は頷《うなず》くと、葵に問われるがまま、秘書室の人間の特徴を話し始めた。

「山辺《やまべ》室長は四十八歳。よくいえば温和、悪く言えばことなかれ主義です。家庭が何より大事で、毎日定時には帰ります。野心とは無縁な人だと思います。秘書は私以外は三人。上から二十六歳、二十五歳、二十二歳。今泉《いまいずみ》さんは副院長秘書、幸村《ゆきむら》さんは外科部長、新人の神谷《かみや》さんは内科部長の秘書です。三人とも今時の若いお嬢さんで、野心とか悪巧みとか、そうしたことには無縁じゃないかと思います」

「あなたは理事長の秘書ですね。理事長についても教えてください」

「年齢は……六十八、だったかな。温和な人ですよ。よく言えば人格者、悪く言えばボンボンのまま年取った感じ……というか」

「『よく言えば』と『悪く言えば』が面白いね」

と、次の間のドアが開き、山之内代議士が笑いながら登場した。

「……聞いてたんですか……っ」

かあ、と頬《ほお》に血が上ったのは、指摘されてはじめて、自分が相当酷《ひど》いことを言ってしまっていたことに気づいたためだった。

「ボンボンのまま年取った、に受けたよ。そういう感じだね」

「いや、その……」

理事長に聞かれたら絶対むっとされる。取り繕《つくろ》おうとした朋子に、葵が問いを発してきた。

「黎陽会《れいようかい》は代々世襲《せしゅう》でしたよね。理事長が悪事に荷担している可能性は？」

「ない……と思います。悪事って例の基金ですよね？　理事長は基金のことを知りませんでした。基金は副院長主体で企画されていましたから」

「副院長……榊原英次《さかきばらひでつぐ》さんでしたか」

「はい。理事長の義理の弟です」

フルネームを口にする葵に、すごい記憶力だな、とまたも朋子は感心してしまった。

「基金が怪しいとなると、副院長が怪しいっていうことになりますか？」

確かに副院長は虫が好かない。しかし山之内代議士を殺そうとするほどの悪事ができるとは思わない。小悪人止まりじゃないかと思うのだが、と首を傾《かし》げた朋子に葵は、

「それをこれから探るつもりだ」

そう告げ、頷いてみせた。

「ちょっと待ってくれ」

と、ここで山之内が慌てた様子で割り込んでくる。

「こちらとしては大変ありがたいが、今、君はか弱い女性の姿をしているんだ。危険な目に遭《あ》わせるわけにはいかない」

「…………」

いや、昨日、協力してほしいと言いましたよね？　心の中で突っ込みを入れた朋子の視線を感じたのか、山之内は、

「あ、いや」

途端に取り繕い始めた。

「協力要請をしたというのに、そう言っておけば責任を逃れられると思っているのか、と言いたい気持ちはわかる。しかしそんなつもりで言ったわけじゃないよ。君たちの身の安全も、元の姿に戻すことについても、僕は全面的に責任を負うつもりでいるからね」

「ありがとうございます」

『朋子』の姿をした葵が即座に礼を言う。朋子は、だが、礼を言うことはできなかった。『責任を負う』という山之内の言葉を疑ったわけではない。身の安全はともかく、元の姿に戻す術《すべ》は山之内とてないのでは、と思ったからなのだが、口にしても詮《せん》ないことだともわかっていたため、黙っていたのだった。

しかし葵は違った。

「お心遣いには感謝致します。しかし山之内先生の身の安全をお守りするのが私の仕事ですので」

朋子にとって山之内は、『来賓《らいひん》』だったが、葵にとっては『護衛の対象』だと思い知らされたものの、その姿では不可能では、と朋子はまじまじと葵の――自分の姿を見やった。

鏡越しには見慣れていたが、別の人間の視点から見ると、自分はこんな顔をしていたのかと改めて思う。印象が違うのは表情と、それに姿勢か。やたらと背筋が伸びている、と朋子が見つめていた先では、葵がきっぱりとした口調で話し続けていた。

「この身体《からだ》でこそできるのは、病院内の調査です。それでは行って参ります」

そう言い切ると敬礼をし、口元を引き結んだ葵がくるりと踵《きびす》を返す。我ながら凛々しい、と見惚《みと》れていた朋子だったが、その足運びを見てぎょっとし、思わず大声を上げていた。

「ちょっと待って！　外股《そとまた》！　外股になってるから!!」

「……え？」

暫《しば》く歩いてから葵が立ち止まり、訝《いぶか》しそうな顔で振り返る。

「足よ、足！　つま先は外向きにしないで真っ直ぐ！　一本線の上を歩く感じで！　今だと完全に右左、それぞれ二本線の上を歩いてるから！」

「……ああ……」

なるほど、と葵が頷き、朋子に向かって歩いてくる。

「これでいいか？」

「……まあ……」

ぎこちなくはあったが、見るに堪《た》えない、というほどではない。渋々頷いた朋子に向かい葵は、やれやれ、というように溜め息を漏らした。

「ハイヒールは歩きにくいな。健康サンダルに履《は》き替えたら駄目か？」

「……却下《きやっか》」

実は、後輩たちは普段はサンダルで、来客のときに黒のハイヒールに履き替えていた。秘書室長の山辺も黙認しているが、本来、秘書室では黒のハイヒール以外、認められていなかった。理由は特になく、強《し》いて言えば『緊張感を保つため』であるのだが、今、それを守っているのは朋子のみである。

朋子を指導してくれた先輩秘書たちは皆、ごく当たり前のようにハイヒールを履いていた。

『いつ誰に見られてもいいように。病院の顔という自覚を持って』

きつくそう言われていたため、後輩たちがサンダルの着用の許可を山辺に取り付けたときも、朋子だけはハイヒールで通していた。

「いつ誰に見られてもいいように、常に緊張していないと」

かつて先輩に言われたことを葵にも指導する。後輩たちには言いづらくて結局言えなかったが、自分と同じ顔をしているからか、葵には言いやすかった。

「わかった」

葵は素直に頷くと、

「それでは、行ってくる」

改めてそう宣言し、踵を返してドアへと向かって行く。

「がに股に気をつけてね。座るときも膝は閉じてよ？」

外股にこそなっていなかったが、やたらときびきび歩く、葵の歩調に不安を覚え、背中に声をかける。

「わかった」

外に出てドアを閉めるときに朋子を振り返った葵は、大きく頷いてみせたが、閉まったドアの向こう、カツカツとヒールを高く鳴らして遠ざかっていくその足音には不安を覚えずにはいられなかった。

「……大丈夫かなあ……」

「大丈夫でしょう。彼は優秀なＳＰですから」

独り言として呟《つぶや》いた朋子に、速水が横から答えてくれる。

「え？　あ、すみません」

話しかけたつもりはなかった、と頭を下げると、速水はいつの間にか手に持っていたバインダーの書類を捲《めく》りながら、朋子が聞いてもいないことを喋《しゃべ》り始めた。

「田中さんのプロフィールを一通りお知らせしておきますね。年齢は二十九歳、出身は福岡県です。出身大学はＷ大。学部は政経ですね。柔道五段、剣道四段、合気道《あいきどう》は八段で、柔道では中・高・大と全国大会で入賞しています。射撃も得意な上、語学も英語、フランス語、イタリア語、スペイン語が堪能《たんのう》ということで、本人の希望どおり警視庁に入ると警備部警護課に配属となりました。警護課内では『エリート集団』と名高い田中班の一員で、何度も表彰を受けている実に優秀な警察官とのことですよ」

「……凄《すご》いですねえ」

後半、感心しかできずにいた朋子だったが、実は説明の冒頭でショックを受けていた。

年下――？

てかまだ二十代？　この落ち着いた外見で？　両手を思わず頬へとやった朋子の耳に、コホン、と咳払いをする山之内の声が響く。

「？」

視線を感じ、両頬に手をやったまま顔を向けた朋子から、山之内はすっと目を伏せると、

「いや、我々の前ではいいのだが」

と言いづらそうに口を開いた。

「人前に出るときは、君も所作《しょさ》に気をつけたほうがいいなと思ってね」

「……あ……」

まさにおっしゃるとおり。相手に指導しておいて自分のほうはどうなんだと突っ込みを受け、朋子は反省した。

話し方についても、注意されたというのにまったく直せていない。相手に求めるばかりではなく、自分も改めねば、との思いから、朋子は山之内に向かい頭を下げた。

「申し訳ありません」

「僕に謝罪の必要はないよ。それに君はずっとこの部屋に詰めているわけだから、所作を気にする必要はないわけだしね」

山之内の物言いが優しいだけに、ますます反省が募《つの》る。自分もこのくらい、柔らかな口調で葵に指導すべきだったのでは、と己の言動を悔いていた朋子を、山之内と速水は不安と労《いたわ》りの混じった目で見つめていた。

4

Aoi

「ああ、青井《あおい》君、君、大丈夫なのかい？」

声をかけてきたのは、秘書室長と思われる男だった。山辺《やまべ》という名で四十八歳。

「青井さん、びっくりしました。ジャージで来るなんて」

続いて声をかけてきた美人は、今泉《いまいずみ》ゆかり。今年二十六歳の同僚だ。

「心配をかけて悪かった。色々、フォローしてもらっているんじゃないか？」

葵《あおい》にとっての『同僚』は、ＳＰの班の人間たちだった。ＳＰはチームワークが命となるため、何かの事情で業務の遂行《すいこう》が不可能となった人間がいた場合、すみやかに全員がフォロー態勢に入る。

「いえ、別に……」

「てか、どうしたんです？　青井さん。その喋り方……」

「え？」

いかにも気味が悪そうな顔で問うてきたのは、新人の神谷《かみや》だった。

「何かおかしいか？」

「おかしいっていうか、変ですよ」

「神谷さん」

「駄目よ、そんな失礼でしょ」

しれっと『変だ』と告げた神谷を、慌てた様子で今泉と幸村《ゆきむら》が黙らせようとする。

「失礼なことはない」

それよりどこが変だか教えてほしい、と言葉を続けようとした葵に、山辺が焦った様子で声をかけてきた。

「会長がさっきからお待ちなんだよ。朝のお茶、一刻も早く持っていってもらえるかい？」

「朝のお茶？」

さも『一大事』といった様子で告げられたが、それが『一大事』なのか？　と葵は思わず問い返してしまった。

「理事長のためのお茶の淹《い》れかたを、君しか知らないじゃないか。さあ、早く」

「お茶に淹れかたがあるのか？」

素でわからず問いかけた葵を見て、山辺や幸村、今泉、神谷がいちように驚いた顔になった。

「……え？」

そうも驚かれることを言った覚えはないのだが。首を傾《かし》げた葵に、新人ゆえか物怖《ものお》じをしない神谷が仰天《ぎょうてん》したように目を見開き問いかけてきた。

「どうしたんです？　青井さん。いつもそりゃ面倒くさい手順でお茶を淹れてるじゃないですかあ」

「ちょ、ちょっと神谷さんっ」

「言葉を慎《つつし》みなさいよっ」

またも慌てて今泉と幸村が彼女の口を塞《ふさ》ごうとする。

「手順……」

どうやら、規則《ルール》があるらしい。それを知っているのはもしや、と葵は皆を見回し問いかけた。

「その手順は私しか知らないんですか？」

「え？　あ、はい」

「何かに書いてあるかもしれない……」

「代々引き継がれている『引継書』があったかと思います……けど……」

中では一番年長の今泉がそう告げたが、彼女の顔には訝《いぶか》しそうな表情が浮かんでいた。

「どうされたんですか？　青井さん。まるで記憶がないみたいな……」

「……そうなんだ。実は」

彼女の言葉に全力で乗らせてもらおう、と葵は大きく頷《うなず》いた。

「頭がぼんやりしてしまって、記憶が曖昧《あいまい》だ。お茶の淹れかたもわからない」

「そうなんですか？　困ったわ……」

「どうするか」

今泉と山辺が相談を始める。

「お茶は淹れかたひとつでそうかわるかね？」

「それなんですよねー。私も理事長はそこまでお茶に煩《うるさ》いとは思えないんですよねー」

「馬鹿なこといってないで、探しましょう。そのマニュアルを」

「これじゃない？　古そうなノートだし」

今泉と幸村が慌てて朋子のものと思《おぼ》しきデスクを探し始める。

「あ、あった！」

「このとおり淹れるといいみたいですよ」

二人は早速マニュアルを見つけ出すと、開いて葵に示してみせた。

「……あの……急須《きゅうす》はどこに……」

給湯室の場所からしてわからない。途方に暮れていた葵を前に、秘書たちは顔を見合わせていたが、すぐに行動を開始した。

「こっちです」

「手順も忘れちゃいました？　そしたら私たちで淹れますね」

きびきびと行動する二人の秘書を、葵は頼もしい思いで見つめていた。

「どうなんだろう。一応マニュアルどおりにやったけど……」

「正解がわからないよね」

不安そうな顔になる今泉と幸村の横で、神谷が呑気《のんき》な声を上げる。

「ぶっちゃけ、青井さんが持っていけばなんでもオッケーなんじゃないですかね？」

「ちょっとあなた、理事長を舐《な》めすぎでしょう」

「思ってても口に出しちゃいけないこととか、あるからね」

今泉と幸村が神谷を睨《にら》む。

「とにかく急いでくれ。院長はもう、十五分もお待ちだ」

山辺に急《せ》かされ、葵は湯呑《ゆの》み茶碗《ぢゃわん》を載せた盆を手に、皆に付き添われ理事長室のドアの前へと向かった。

「失礼します」

ノックをし、ドアを開く。

「ああ、青井君。大丈夫か？　君、意識が戻らなかったというじゃないか」

青ざめた顔で問いかけてくるのが、この大病院の理事長兼院長か、と葵は目の前の老人を見やった。

朋子曰《いわ》く、ボンボンがそのまま年を取った感じ、とのことだったが、まさにそういった雰囲気《ふんいき》がある。

「申し訳ありませんでした。ご心配をおかけしまして」

頭を下げ、湯呑み茶碗を理事長の前に置く。すぐに理事長はお茶を啜《すす》ったが、どうやら合格点だったようで、何を言われることもなかった。

「あの、理事長」

一応、裏は取っておこう、と葵は理事長に問いを発した。

「今回の基金の件ですが、理事長はどこまで関与されていたんですか？」

「関与！　君は刑事のようなことを聞くね」

理事長が驚いた顔になる。

「理事長の身の安全のためです。今回、山之内《やまのうち》代議士が狙われたのは基金に関係している可能性もあるかと思われます。ですが理事長はご存じなかった……そうですよね？」

「……本当に刑事のようだな。しかし、君の言うとおりだよ。基金については僕はノータッチだ。副院長の主導で行われたことだが、とはいえ、榊原《さかきばら》副院長も名前を貸したくらいじゃないのか？　彼が有名政治家の命を危機に晒《さら》すような出来事に関与するとは思えないなあ。彼がほしいのはこの病院内での地位だ。大人しくしていればナンバーツーの地位がキープできるのに、敢《あ》えて危ない橋を渡る理由がわからない。ナンバーワンとナンバーツー、名誉はともかく、収入的にはさほど変わらない上、当病院は完全な世襲《せしゅう》制だからね。私にもしものことがあったとしても、息子が院長になるだけのことだ。それがわかっているのに、無茶をするとは思えんがねえ」

「…………なるほど……」

ボンボンではあるが、ボンクラではないということか。朋子はその辺、認識しているのかと思いながらも葵は、

「大変失礼しました」

と頭を下げ、尋問《じんもん》を打ち切った。

「いや、かまわないよ。実際、私も気にしているんだ。基金についても院内で調査を依頼しているよ」

「そうですか」

その調査の結果を知る術《すべ》はあるだろうかと思いながら相槌《あいづち》を打った葵の前で、理事長はお茶を啜ると、

「やっぱり君の淹れてくれたお茶は美味《おい》しいねえ」

と笑顔を向けてきた。

「今日淹れてくださったのは今泉さんと幸村さんです」

自分の手柄となっては申し訳ない、と葵は正直に告げると、

「ああ、そうなの？」

と少し戸惑った顔となった理事長に向かい、「失礼します」と一礼し部屋を出た。

「大丈夫でした？」

秘書室に戻ると、皆、心配していたらしく、早速今泉が問いかけてきた。

「ああ。美味しいと仰《おつしや》っていた」

「よかったあ」

「やっぱり青井さんが持っていけばなんでもよかったんですかね」

今泉だけでなく、幸村や神谷もまた安堵《あんど》の声を上げるのに、

「助かった。ありがとう」

と葵は頭を下げ、感謝の気持ちを伝えた。

「いや、そんな」

「それより、大丈夫ですか？」

後輩たちの労りの言葉に、恵まれた職場だな、と葵は思ったのだが、普段、こうした和《わ》気藹々《きあいあい》とした雰囲気にはなっていないことを彼は知らなかった。

と、理事長室との境のドアが開き、理事長が湯呑み茶碗を手に顔を出す。

「お茶、おかわり、いいかな？」

「理事長！　そんな、部屋からご指示くだされば」

山辺が慌てた声を上げたところをみると、滅多《めった》にないことなのか、と立ったまま様子を見ていた葵のかわりに、今泉が理事長に駆け寄り手から湯呑みを受け取ろうとする。

「今日のお茶、君たちが淹れてくれたんだって？　美味しかったよ」

理事長が今泉と幸村を見やり、にっこり笑って告げるのに、二人は、

「いえそんな」

「ありがとうございます」

と焦った様子で頭を下げた。

「おかわり、頼むね」

理事長がそう言い、ドアの向こうへと消える。

「青井さん、私たちが淹れたってバラしたんですか？」

今泉が戸惑ったように問いかけてくるのに、葵は「ああ」と頷き、理由も告げた。

「美味しいと褒めてくれたから」

「別によかったのに」

「そうですよ。もう、びっくりしたあ」

口を尖らせながらも、今泉と幸村は嬉しげだった。

「おかわり、淹れてきますね」

「またあのノート見ないと」

二人して給湯室へと向かおうとしたときに、卓上の電話が鳴る。

「はい。け……」

いつもの癖《くせ》で、警護課、と名乗ろうとしたが、すんでのところで気づいて言葉を止めた葵の耳に、受話器越しに響いてきたのは副院長の声だった。

『これから出かける。車を回してくれ』

「かしこまりました。どちらにおでかけですか？」

『……その声は青井君だね』

途端に副院長が不快そうな声音《こわね》となる。

『いいから車を回してくれ』

「……かしこまりました」

なぜ、行き先を告げないのか。わからないながらも葵は電話を切ると、何事かと見守っていた皆を見渡し電話の内容を告げた。

「榊原副院長が外出するので車を回してほしいそうです」

「君、行き先聞いたの？」

山辺がぎょっとした顔になる。

「はい」

「必要ないとわかっているだろう？　ああ、幸村君、すぐ運転手の柳《やなぎ》さんに連絡を」

「あ、はい」

慌てて席に戻り受話器を取り上げる幸村を見ていた葵に、新人の神谷がこそりと声をかけてくる。

「青井さん、副院長、秘密主義だからコッチからは何も聞かないってこと、忘れちゃってました？」

「……ああ。忘れていた」

秘密主義ってなんだ、と訝りながらも頷いた葵に、山辺がおずおずと声をかけてくる。

「そんな状態で山之内代議士の秘書役は無理だろう。今日はいいからもう、家で休んだらどうだい？」

葵を案ずるようなことを言ってはいるが、真意は山之内に対し、粗相《そそう》なきよう、という気遣いであろう。それがわかるだけに葵が、

「いえ、大丈夫です」

山辺の気遣いを退けたとほぼ同時に、配車の手配をしていた幸村が通話を終えた。

「それではよろしくお願いします」

受話器を置いた彼女に謝罪する。

「申し訳なかった」

幸村は驚いた顔になったが、すぐ、

「全然大丈夫です」

と笑顔で首を横に振った。

「ちょっと車寄せまで行ってきます。今朝、車内を掃除していたらよくわからないバッジが出てきたということだったので、取りに行ってきます」

幸村は山辺に向かいそう言うと、秘書室から駆け出していった。

「いけない、お茶だった」

今泉も慌てた様子で給湯室へと向かう。

「………」

さて、どうするか、と葵は考えを巡らせたが、室内にいても情報はあまり得られそうにないなと判断を下した。

「すみません、ちょっと手洗いに行ってきます」

少し院内を回ってみるか、と考え、部屋を出る口実として山辺にそう告げたのだが、聞いた山辺は、みるみるうちに赤面していった。

「ど、どうぞ」

「いちいち断らなくていいですよう」

本当にどうしたんですか、と神谷が驚きつつも突っ込みを入れてくる。

「………そうか」

確かに、トイレに行くことを宣言したほうが不自然だったか、と反省しつつ、葵は、

「すみません」

と再度頭を下げると、秘書室をあとにした。

院内の案内図は、昨日の警護のために頭に叩き込まれている。とはいえ、どこで何を探ればいいのか、と暫《しば》し立ち止まり、腕を組んで考えていた葵を、看護師たちが訝《いぶか》しそうに

見やりながら通り過ぎていく。

彼らの視線の意味は、考えに集中するあまり、気づかぬうちに仁王立《におうだ》ちになっていた葵の姿勢にあったのだが、それに気づくより前に彼の耳に、

「ちょっとやめてください」

という幸村の硬い声が響いてきた。

視界には入っていない。廊下《ろうか》を折れたところか、と駆け出した葵に、看護師の注意が飛ぶ。

「青井さん、廊下は駆けないでください」

「すまん」

謝りはしたが、続いて響いてきた、

「いいじゃねえか、ねえちゃん」

という柄《がら》の悪い男の声を聞いては、速度を緩《ゆる》めることはできなかった。

「離してください……っ」

廊下を曲がったすぐ先、葵の視界に、どう見てもチンピラとしかいいようのない風体《ふうてい》の若者二人に囲まれた幸村の姿が飛び込んでくる。

「何をしている」

なぜ病院内にチンピラがいるのか。患者というわけではなさそうだし、見舞いや付き添いというわけでもなさそうである。

異質だな、と思いはしたが、まずは幸村を救わねば、と葵はチンピラたちに駆け寄っていった。

「なんだ、また綺麗《きれい》なねえちゃんが来たな」

「2×2でちょうどいい。ねえちゃん、これから飲みに行こうぜ。どうせあんたら、暇なんだろ?」

チンピラたちがやにさがり、葵に下卑《げび》た笑いを向けてくる。

「…………」

意外な相手の反応に、葵は一瞬違和感を覚えた。が、すぐに、自分が今、『朋子《ともこ》』の外見をしていることを思い出した。

もともとの身体《からだ》であれば、こんなチンピラ、難なく床に沈めることができるが、今の身体は腕力も脚力もまるでない。それは昨夜寝る前にルーティーンにしている筋トレを行おうとしたところ、筋肉がまるでないため普段の十分の一もこなすことができなかったことからわかっていたが、とはいえ、今更逃げるわけにはいかない。

「病院は治療をするところです。あなたたちは見たところ健康体のようですから、どうぞお引き取りください」

有無を言わせず叩き出したいところだが、今の身体ではとても無理だ。なら説得しかあるまい、と、葵はチンピラたちを見据え、厳しい語調でそう告げた。

「なんだと?」

「ねえちゃん、生意気なこと言うと、コッチにも考えがあるぜ」

チンピラたちが気色ばみ、葵へと向かってくる。

「青井さん……っ」

幸村が悲鳴に近い声音で名を呼ぶのに、

「ここは任せろ」

と言い捨て、チンピラたちへと意識を向けた。

過剰《かじょう》防衛をしては今の身体の朋子にも病院にも迷惑になるので、相手が手を出すのを待つ。

「いきがってんじゃねえぞ。ねえちゃん」

チンピラは完全に葵を舐《な》めていた。ドスのきいた声でそう言った直後、その手が伸びてくる。

胸倉を摑《つか》もうとしているのがわかったため、その手を避け、手首を摑んで背中で絞《し》め上げる。合気道《あいきどう》なら力の無い女性の身でもいけるのではないか、という葵の読みは無事に当たったようだった。

「いてて……っ」

「ふざけんなよ」

もう一人が葵に向かい飛びかかってきたが、捕らえていたチンピラを盾にし、攻撃を防いだ。

「いてえな」

「てめえっ」

チンピラたちは完全に頭に血が上ってしまったらしく、怒声を張り上げると二人して葵に向かってきた。

二人がかりはしんどいな、と思いつつも迎え撃とうとしたそのとき、

「どうしましたっ」

という声と共に警備員が数名、葵たちへと駆け寄ってきたのに、チンピラたちは舌打ちすると、

「なんでもねえよ」

「おら、どけよ」

と怒鳴り散らしながら、警備員とは反対の方向へと足早に立ち去っていった。

「青井さん、大丈夫ですか？」

警備員の後ろから、真っ青な顔で問いかけてきたのは幸村だった。

「ありがとう。大丈夫だ」

警備員を呼びに言ってくれたことに礼を言い、安心させるために笑顔で頷《うなず》く。

「……っ……ごめんなさい……っ」

途端に幸村が両手に顔を埋め泣きじゃくるのに、なぜ泣くのか、と葵は戸惑いながら彼女の肩に手をかけ、顔を覗《のぞ》き込もうとした。

「どうした？　怖かったのか？　もう大丈夫だぞ」

「……怖かったのは、青井さんじゃないんですか……っ」

どうやら幸村は葵を一人残し、自分だけが逃げたことを悔いているらしい。そう気づいた葵は、大丈夫だ、と幸村の肩を叩いてやった。

「あんなのは慣れている。あなたが無事でよかった」

「……青井さん……」

幸村が涙に濡れた顔を上げ、まじまじと葵を見つめてくる。

「……慣れてるんですか？」

「慣れてはないけど」

しまった、『あおい』という名で混乱していたが、今、自分は病院の秘書、青井朋子の姿をしているのだった、と葵は慌てて取り繕《つくろ》いはじめた。

「大丈夫だと言いたかったんだ。警備員を呼んできてくれてありがとう。助かったよ」

「そんな……っ。助かったのは私です……っ」

本当にありがとうございます、と、また泣きじゃくりはじめた幸村の肩を抱き、身体を支えてやりながら葵は秘書室へと戻った。

「どうしたの」

「大丈夫ですか？」

今泉と神谷が驚いて声をかけてくる。

「怖かったあ」

秘書室に戻って安心したのだろう、声を上げて泣く幸村のフォローは秘書たちに任せると葵は、室長の山辺に、幸村がチンピラに絡まれていたと状況を伝えた。

「チンピラ？　病院内にかい？」

山辺が眉《まゆ》を顰《ひそ》め問い返してくる。

「どう見てもヤクザでした。患者には見えませんでしたから見舞いかもしれません。今、暴力団幹部が入院しているといった事実はありますか？」

「いや、聞いていない。入院患者全員を把握してはいないが、そうしたことがあれば私の耳に入るはずだ」

「………そう……ですか」

となると、彼らはなぜ院内にいたのか。首を傾《かし》げた葵の前で、山辺がぼそ、と呟《つぶや》く。

「なんにせよ、理事長には報告しないとな。それに警察にも通報しておいたほうがいいだろう。山之内代議士の耳にも入れておいたほうがいいかもしれないな。しかしどう伝えるか……」

最後は独り言のようだったが、葵はその『独り言』に乗ることにした。

「これから山之内代議士の病室に戻りますので、報告は私からしておきましょうか？　秘書のかたと警護についての相談もしたほうがいいでしょうし」

「ああ、そうだね。君に頼むとするか」

山辺が安堵《あんど》した顔になり、頷いてみせる。

「わかりました。行って参ります」

すぐに山之内に報告をし、警察を動かしてもらおう。チンピラたちの顔は頭に叩き込んである。組織犯罪対策部で構成員たちの写真を見せてもらえば、どの組の人間か特定できるに違いない。

よし、と心の中で拳を握り締めつつ、頭を下げ部屋を出ようとした葵の背に、幸村が抱きついてくる。

「青井さん、本当にありがとうございます……っ……ごめんなさい……っ」

またも声を上げ、泣き出してしまった彼女を放置するわけにもいかず、葵は、

「気にしなくていいから」

と振り返り、彼女の肩をぽんぽんと叩くと、その様子を見守っていた今泉に声をかけた。

「悪いが頼む」

「……はい……っ」

今泉がはっと我に返った顔となり、二人に駆け寄ってくる。

「なんか青井さん、今日はやたらとイケメンですね」

ぼそ、と神谷が呟いたのを聞き、葵は、すぐにも退室せねばと焦った。『普段と違う』様子をこれ以上見せてはマズいと思ったのである。

「それではまたあとで参ります」

誰に何を言う隙《すき》を与えず、葵は一礼するとすぐに秘書室を飛び出した。

やれやれ、と溜め息をつく葵の背を預けたドアの向こう、神谷と今泉が訝《いぶか》しそうに話す

声が響いてくる。

「なんか青井さん、別人みたいじゃない？」

「かっこよすぎますよね。幸村さん、目がハートになってるし。あんな人でしたっけ？」

マズい。すっかり誤られてしまった。このことを朋子に告げればまた、怒りのあまり喚き立てることだろう。

問題はヒステリックに、しかも女言葉で喚くその姿が、自分のものだということだ。せめて言葉遣いだけでもなんとかならないか。溜め息を漏《も》らしそうになる自分を、今はそれどころじゃないだろうと諫《いさ》め、歩き出した葵だったが、擦れ違う人々の奇異なものを見るような視線に気づき、何事だ、と己の身体を見下ろした。

「……あ……」

いつの間にか歩き方に普段の癖《くせ》が出て、すっかり外股《そとまた》になっている。朋子にしてみたら『自分』のこんな姿は見たくも見せたくもないだろうから、お互い様か、と葵はさりげなく歩き方を変えると、一目散に山之内の病室を目指したのだが、そのときには既に朋子は拠《よ》ん所《どころ》ない事情により、病室から姿を消していたのだった。

5
Tomoko

時刻は三十分ほど遡《さかのぼ》る。

葵《あおい》が部屋を出るのを見送った朋子《ともこ》は、自分は一体、何をすべきかと考えていた。

山之内《やまのうち》と速水《はやみ》は、今後の打ち合わせをするということで、山之内の病室へと籠《こ》もってしまった。

「君はゆっくり、身体を休めているといい」

朋子が、自分にできることはないかと問うたのに、二人は顔を見合わせたあとに、山之内が微笑《ほほえ》み、こう告げてくれてはいた。が、それじゃ、ゆっくりさせていただきます、とその案を受け入れるほど朋子の神経は太くはなかった。

葵は葵で、山之内代議士を狙撃した犯人を探すため、『朋子』の外見を利用し病院内の調査に入っている。自分だけ何もせずにいることへの罪悪感を覚えてはいるが、実際何ができるかを考えると、これといったことが思いつかないというジレンマに朋子は陥《おちい》っていた。

せめてお互いがもとに戻ったときのために、この恵まれた体軀《たいく》が最大限の能力を発揮できるよう、筋トレでもしておくか。

しかしどういう筋トレが必要なんだろう。スマホで調べてみようか、とスマホを立ち上げようとしたが、指紋認証で弾かれてしまい、当然とはいえ面倒くさい、と溜め息を漏らしたそのとき、ドアがノックされ、凛《りん》とした声が響いてきた。

「警視庁警備部警護課、田中《たなか》と申します。少々よろしいでしょうか」

「…………」

確か、葵の上司が田中という名だった。思い出したと同時に朋子は、葵として対応することへのハードルの高さから、部屋の奥へと走っていた。

「すみません、警視庁のかたがいらしてます」

ノックをし、中にいた山之内と速水に声をかける。

「なんだろう。速水君、応対してもらえるか？　青井《あおい》君はここで待機しているといい」

「……ありがとうございます」

お荷物。今の自分はまさにその状態だろう。落ち込みを胸に頷いた朋子に、

「お気になさらず」

と速水は声をかけると、次の間へと向かっていった。

「……すみません、本当に」

役立たずどころか、足手まといとなっていることを謝罪した朋子に、山之内はどこまでも紳士だった。

「謝罪の必要はないよ。君は被害者だ。しかしなんの用なんだろうね？」

にっこり、と微笑みつつ、次の間へと視線を向ける。朋子もまた、隣の部屋で行われる面談の様子を聞こうと耳を澄ませた。

「山之内先生は今、お休みになっておられます。かわりに承《うけたまわ》りますが？」

「お騒がせし、大変申し訳ありません。わたくしどもの田中はおりますでしょうか」

「…………」

自分——というか、葵に用だったか、と息を殺していた朋子の耳に、速水の淡々とした声が響く。

「先生の警護にあたっていただいています」

「彼から話が聞きたいのですが。警護の交代要員は連れて来ています」

「先生に聞いてみませんと。私では判断いたしかねます」

「それではせめて田中と話をさせてください。ここへ呼んではいただけませんか？」

「それも先生に聞いてみませんと」

　速水がのらりくらりとかわしている。ますます迷惑をかけているという負い目もあったが、もし自分が上司に会えば、警察の捜査がどのくらい進んでいるのか、知ることができるのではないかということに気づいた。

「あの、山之内先生」

　声を潜め、山之内に呼びかける。

「どうした？」

『休んでいる』ことになっている山之内もまた、潜めた声で問い返してきたが、その声は続く朋子の発言を聞き、ややトーンを上げることになった。

「私、あの人と話してみようと思います。警察の捜査状況を聞くためにも」

「えっ。大丈夫かい？　青井さん」

　その声が隣の部屋にも響いたのか、一瞬、扉の向こうがしんとなる。

「ともかく、山之内先生のご意向をうかがった上で、ご連絡致します」

　速水が早口でそう言い切り、田中班長を外へと追い出そうとする。

「大丈夫ではないかもしれませんけど、入れ替わったほうは慣れない身体《からだ》でも先生に協力しようと動いているのに、私だけ何もしないというのはやはり気が咎《とが》めます」

「いや、君は被害者だからね。それに向こうの中身は警察官だ。しかも厳しい訓練を受けたＳＰだよ。君は外見はＳＰだが中身はなんの訓練も受けていない一般女性だ。無理をすることはないよ」

「でも……」

俯《うつむ》く朋子の顔を、山之内が覗《のぞ》き込んでくる。

「もしかしたら僕が昨日、協力してほしいと言ったことを気にしているのかな？　だとしたらその件は忘れてくれていいよ。君はその外見から、危険な行動を強《し》いられる可能性が高い。よく考えたら君にそんなことをさせられないと、反省したよ。自分がいかに無茶を言ったかを自覚した。だからもう、無理はしないでくれ」

「お気遣いありがとうございます。でも大丈夫です。私、やってみたいんです」

自分でも意地になっているという自覚はあった。が、このまま何もしなければ、もとに戻れないのではないかという強迫観念に似た思いに、朋子は陥ってしまっていたのかもしれなかった。

「やらせてください。役に立ちたいんです」

「青井さん……」

山之内はなんともいえない顔となったが、やがて、抑えた溜め息を漏らすと、ぽん、と朋子の肩を叩いて寄越した。

「決して無理はしないと、約束してもらえるか？」

「はい」

即答した朋子を見て、山之内はまた、溜め息を漏らしたが、やがて、

「わかった」

と頷き、再び手を朋子の両肩にのせてきた。

「怪しまれたら、具合が悪いといってすぐ、退散すればいい。いいね？」

「わかりました」

頷きはしたものの朋子は、実際やる段になってまったく自信がないことに今更気づいてしまっていた。

どうしよう。なんであんなこと、言ってしまったんだろう。山之内は、無理する必要はないと再三言ってくれていたのに。

自分から火中の栗を拾うような真似《まね》をしなくてもよかったのでは。大人しくしていればいいと言われたのに、それでもやる、と言ったのは自分自身ではあるが。

今更、『やっぱりできない』と言うのはさすがに顰蹙《ひんしゅく》を買うだろう。頑張る、と朋子は拳を握ると、次の間へと向かい歩き始めた。

「失礼します」

声を発し、ドアを開く。

「…………」

速水が驚いたように目を見開くその向かいには、欠片《かけら》ほども見覚えのない長身の男がいて、朋子を見ると安堵《あんど》したように微笑《ほほえ》み、声をかけてきた。

「葵、ようやく顔が見られた。大丈夫なのか？」

「……はい、あの……」

確か『田中班長』というのは葵の上司だった。結構イケメンだ。年齢は三十代後半か、いって四十代前半だろうか。葵同様、ガタイがいい。

どうしよう。

見も知らない人と、これから会話をするのだ。しかも葵になりきって。

やはり私にとってはハードル高すぎだったかも。あとずさりしかけた朋子に、田中が笑顔で近づいてきた。

「警護課長より、一旦警視庁に戻って報告をせよとの命令が出ている。山之内代議士が狙撃されたときの状況を詳しく聞きたいと。どうだ？　すぐ出られるか？」

「山之内先生のご意向を伺《うかが》いませんと……」

すぐさま速水がフォローに入ってくれたが、大丈夫、と朋子は彼に頷いてみせた。

「代議士の許可は取得済みです」

「え……っ？」

速水にとっては予想外の回答だったようで、驚いたように目を見開いている。

「上司への報告を終えましたら、また、代議士の警護に戻ります」

「……まあ、先生の許可がいただけているということでしたら問題ないかとは思いますが……」

大丈夫なんですか、と目で問うてくる速水に朋子は、大丈夫ではないが、頑張る、とやはり目線で伝えた。

「それでは田中葵を連れて帰ります。その間の警護役は既にこの部屋のドア前に待機しております」

「わかりました。それではのちほど」

速水は最後まで朋子に心配そうな視線を向けていた。葵が秘書室に向かったときにはあんな顔はしていなかった。

葵に不安はないが、自分にはあるということだろう。葵がどんな姿で病院に来たか忘れたんだろうか。ジャージにすっぴんだ。なのに彼のほうに不安を覚えないなんて、そりゃちょっとないんじゃないの？　と思わなくもない。

どうしても思考が横へ横へと逸《そ》れるのは、現実逃避に他ならない。

自分は『田中葵』になりきれるだろうか。お互いのプロフィールは説明してもらっていたが、頭に入っているとは言いがたい。

何かマズい状況になったら、山之内の指示どおり『具合が悪い』で押し通し、即刻、病院に戻るとしよう。

決意したはいいが、結局は酷《ひど》く後ろ向きなことを考えてしまっている。情けない、と、朋子は自己嫌悪に陥《おちい》りそうになったが、落ち込んでいる場合ではないとなんとか踏みとどまった。

朋子は田中に続いて部屋を出た。

「大丈夫か？　葵」

廊下《ろうか》で早速、田中が朋子の顔を覗き込んでくる。

「だ……大丈夫です」

周囲の人間についてレクチャーは一応受けた。が、どのような喋《しゃべ》り方をしていたか、といった細かいことは聞いていなかった。

ごく普通に、上司に対する部下といった感じで対応すればいいのだろうか。それとも一般企業より上下関係は厳しいのか。

そこは探りながらいくしかない、と緊張を高めながら朋子は田中に返事をし、相手の反応を待った。

「山之内代議士の様子は？」

違和感を与えずにすんだのか、田中が問いを重ねてくる。

「体調はよさそうでした。狙撃にショックを受けている様子はありません」

私は女優よ——いや、今は『男優』か。外見に合わせていくしかない。ＳＰのドラマを思い出すんだ。どんな喋り方をしていたっけ。必死で頭をフル稼働《かどう》させつつ答えた朋子に、続けて問いかける。

「昨夜から今朝にかけて、病院内で何か気になることはあったか？」

違和感を与えていないことに安堵しつつ、朋子はできるかぎり『らしく』聞こえるようにと言葉を選び告げていった。

「山之内代議士の病室に張り付いていましたので、病院内のことは把握《はあく》していません。申し訳ありません」

「それは仕方ないことだ。謝罪には及ばないさ。ところで」

と、ここで田中が足を止め、朋子の顔を——見た目は『葵』の顔だが——まじまじと覗き込んでくる。

「………」

何か不自然だっただろうか。朋子の緊張が一気に高まる。

「今日は随分《ずいぶん》、畏《かしこ》まってるな。ずっと代議士といたからか？」

「え？　あ……」

二人になった途端、田中の表情が穏やかになり、親密そうな空気を醸《かも》しだしてきた。

田中は上司だということだった。二十九歳の葵――この顔で自分より年下というのが信じられない、とここで朋子は心の中で毒づいた――よりも、年齢はかなり上だろう。

役職も上なら年齢も上の彼とは、一体どのくらいフランクにすればいいのか。まったく想像がつかないので、探りながらいくしかないか、と内心冷や汗をかきながら、朋子は田中に頭を下げた。

「す、すみません。まだ本調子じゃなくて……」

「珍しく意識を失っていたものな。そういえばお前がその石頭をぶつけたナースはどうした？　意識は戻ったか？」

「はい。もう出勤しています。ナースではなく院長秘書ですが」

「だからどうした？　なぜ普段のように喋らない？　やたらと他人行儀《ぎょうぎ》だな」

「ええと………」

『ですます』でもないというのか。まさかのタメ語？　堅物《かたぶつ》そうに見えたが、意外に砕《くだ》けた男なんだろうか、葵は。

「まだ山之内代議士を前にした緊張が解けていないみたいだ。喋り方は当分直らないかも……」

この程度ではどうだ、とびくびくしながら『ですます』を外してみた朋子の肩を、笑いながら田中がバシっと叩く。

「お前が冗談を言うなんて珍しいな」

「いたぁ……っ」

あまりの衝撃に、朋子の口から、思わず悲鳴が漏《も》れた。

「えっ？　痛かったか？」

それを聞き、田中が驚いた顔になる。

「あ、いや、痛くない」

相当痛かったが、屈強なＳＰにとっては蚊が止まったくらいの感触ということなんだろうか。

生まれかわっても絶対、ＳＰなんかにはならない。まだ叩かれたところがじんじんと痛む。恨みがましい目を向けたくなる気持ちを抑え込み、朋子は作った笑みを浮かべてみせた。

「あのナース……じゃない、秘書か。美人だったよな」

と、田中がニッと笑い、葵の肩を抱いたかと思うと、耳元にこんなことを囁《ささや》いてきたものだから、朋子はつい条件反射で、

「いえ、そんなことは……」

と、謙遜《けんそん》しそうになった。が、すぐに、我に返ると、

「そうでしたかね」

と誤魔化《ごまか》そうとした。

「葵の趣味ではなかったか。俺は相当好みだけどな」

田中が笑いながら告げた言葉に、朋子の胸がドキ、と高鳴る。頬《ほお》に血が上りそうになったが、続く田中の言葉がそのときめきをぶちこわしてくれた。

「でも結構、トシいってたな」

「…………セクハラですよ、それは」

またも反射的に言い返してしまったあとに、しまった、と口を閉ざす。田中はきょとんとしていたが、すぐ、ニッと笑って再び肩を抱いてきた。

「なんだ、やっぱり彼女、お前のタイプだったんだ」

「………」

いえ、タイプじゃなく本人です。それが言えないストレスを抱えつつ、朋子は曖昧《あいまい》に笑って会話を流そうとした。が、またも田中に失礼なことを言われ、もう少しのところで切れそうになった。

「しかしあの手の美人は気が強いぞ」

「………」

はぁ？　あなたに私の何がわかるっていうの？　一度でも口をきいたことがありましたっけね？　むかむかしながらも悪態は心の中でだけついていた朋子だったが、その罵詈雑《ばりぞう》言《ごん》こそが『気の強い』証明であることには気づいていなかった。

「なんだ、怒ったか？」

黙り込んだことをそう解釈したらしく、田中が肩を抱いたまま、朋子の顔を再び覗《のぞ》き込んでくる。

「いえ、別に」

怒ってるけど。しかし『葵』には怒る理由がない。そこそこ冷静さを取り戻していた朋子は首を横に振ったものの、語尾はやはりきついものになってしまった。

「怒るなって。俺たちも気にしてるんだよ。なにせ、ウチの班ではお前だけが独身だからな。お前はオクテだし、何せ激務だから出会いの機会も少ないしなあ」

「……ありがとうございます」

聞いているうちに朋子の胸には、『いいなあ』という葵に対する羨望《せんぼう》が膨らんでいった。

上司の愛情がひしひしと感じられる。自分の境遇とは大違いだ。男女差はあるのだろうが、こうして上司が親身になってくれたことはあっただろうか。

愛されていていいなあ。溜め息を漏らしそうになっていた朋子だったが、今はそんな感傷的になっている場合ではない、と気持ちを切り換えた。自分が惨《みじ》めな気持ちになりかけたのを避けたかったからこその、素早い切り換えだった。

「ところで班長、昨日の狙撃犯ですが、逮捕されたんですか?」

朋子の問いかけに田中は、

「いや」

と首を横に振ると、朋子の肩から腕を解き、心持ち改まった口調で説明を始めた。

「残念ながらまだのようだ。捜査一課総出でかかっているとのことだが、未だ逃走中の犯人が誰であるか、特定にも至っていないということだった」

「山之内代議士は今までも狙撃されたことがあるのですか?」

「なんだ、覚えてないのか」

田中が朋子を呆《あき》れたように見る。

「え？」

「警護対象の資料は読み込めと言っているだろう。お前にしては珍しいな」

叱責《しっせき》の途中で田中が、ああ、と何かに気づいた様子となり、一転して心配そうに問いかけてくる。

「頭を打ったからか？　記憶に障害があると、そういうことか？」

「あ、はい」

記憶障害。それ、いただき。これで全て誤魔化せる、と朋子は心の中でガッツポーズをとったのだが、田中はそれを聞いて慌てた様子となった。

「それは大変だ。すぐ、医師の診察を受けろ。現場復帰は体調が完全に戻ってからでいいから。外傷もなく、ＭＲＩも異常なし、脳波も正常ということで安心していたが、記憶障害を起こしていたとは！　もう一度、きっちり調べてもらったほうがいいな」

「あの、班長、大丈夫です」

何度調べようとも、記憶障害は治らない。だって入れ替わってるんだから。

しかし『入れ替わった』などと言おうものなら、別の意味で心配されてしまうに違いない。

『心配』で終わればいいが、意識の入れ替わりなんて映画か漫画みたいなことが現実に起こったとわかれば世間は大騒ぎになるだろう。人体実験されるのも充分怖いが、メディアで取り上げられ全世界に顔と名前が知られるのも同じくらいに怖い。

それこそ婚期を逸してしまう——って、我ながらそこ？　とセルフ突っ込みをしていた朋子だったが、田中に、

「大丈夫ではないだろう」

と返され、慌ててこれでもかというほどのフォローの言葉を述べ始めた。

「記憶障害といっても、ときどきです。日常生活を送る上ではまったく問題ありません。体調が戻るにつれ頭もしっかりしてくると思うので、もう少し様子をみさせてください」

「しかし、そんな状態で山之内代議士の警護役を務めるのは……」

それでも納得する気配がないどころか、山之内代議士の警護からも外そうとしている上司を黙らせるには、と朋子は必死で考え、言葉を繋《つな》いでいった。

「山之内代議士が私を警護役に選んだのは、代議士なりに責任を感じてくださっているからのようです。私の身体《からだ》も休ませてあげよう、といった配慮《はいりよ》からではないかと……」

「なんと。山之内代議士が……」

山之内の名を出せば多少の効果はあるのでは、と思った朋子の勘はありがたいことに当

たったようだった。

「そうなんです。責任を感じる必要はないと再三申し上げたのですが、私に任せろ、の一点張りで」

「その様子だと、警視庁の上層部が申し入れたところで、山之内代議士には聞き入れてもらえなさそうだな」

難しい顔で溜め息をつく田中を前に、よし、と心の中で再度ガッツポーズを取った朋子だったが、田中に、

「その旨《むね》、部長に報告するためにやはり警視庁に来てくれ」

と言われ、やれやれ、と溜め息をつきそうになった。

「……わかりました」

まだまだ試練は続くというわけか。知りたかった昨日の狙撃犯についての情報は何も集まらない上、今度は田中の上司、部長にも会わざるを得ないという。

大丈夫かなあ——あまり違和感を与えてしまうとそれこそ、警察病院で再検査しろという命令が下りそうである。

なんとか頑張らねば、と朋子は自身を奮《ふる》い立たせると、田中と並んで歩き始めたが、あまりの歩調の速さに、ついていくのに必死にならざるを得なくなった。

しかし慣れると息切れすることもなく、足もスムーズに前に出る。鍛えているんだな、と感心すると同時に、これはもしや日々の鍛錬の賜《たまもの》なのでは、と気づいた。

毎日筋トレをかかしていないのではないか。葵にあとで聞いてみよう。スキンケアをしてもらうかわりに、自分も筋トレメニューをこなすと言えば、彼も協力してくれるのではないだろうか。

どんな筋トレをすればこの身体が手に入るのかも気になる。スクワットなんて百回くらいやってたりして。

息一つ乱すことなく、物凄《ものすご》いスピードで進んでいく己の身体を朋子は頼もしい思いを胸に見下ろす。

顔は老けてるけど、実年齢はギリ二十代だしね、と、心の中で呟《つぶや》いていた朋子の脳裏《のうり》には今は『自分の顔』となっている、葵の熊のような容貌《ようぼう》が浮かんでいた。

警視庁に到着すると、葵はすぐさま宮代《みやしろ》警備部長のもとへと連れていかれた。

「葵、大丈夫か？　顔色が悪いぞ」

初対面の人間相手、しかも相当偉いであろう相手に、それを悟られぬよう接しないといけない緊張感から朋子の顔は強張《こわば》っていたのだが、それを宮代は体調が悪いと判断したようだった。

「大丈夫です。ご心配をおかけし、申し訳ありません」

深く頭を下げた朋子の耳に、意外そうな宮代の声が響く。

「どうした、そんなに畏まって」

「………」

葵の対人関係の距離感がさっぱりわからない。初対面のとき、とっつきにくいというか、無愛想というか、決してフランクな印象は抱かなかったが、身内には気易いキャラで通っていたということなんだろうか。

わかりにくいにもほどがある、と溜め息を漏らしそうになるのを堪《こら》え、朋子は先程と同じく『山之内代議士と一緒にいるからだ』という言い訳を口にしようとしたのだが、その役は田中がかわりに果たしてくれていた。

「驚きますよね。山之内代議士に張り付いている緊張感がまだ解けてないそうですよ」

「葵がそんな繊細な神経の持ち主だったとは」

あはは、と宮代が高い笑い声を上げる。

「……すみません」

ますますキャラクターがわからなくなってきた。しかも今の場合のリアクションもわからない。取り敢《あ》えず頭を下げた葵に、

「謝る必要はないさ」

と宮代は笑うと、すぐ表情を引き締め、朋子を呼び寄せる目的であった問いを発してきた。

「ところで、その山之内代議士だが、様子はどうなんだ？　取り乱しているか？　お前の目から見て、入院が必要か？」

「体調については正直、よくわかりません。精神面では落ち着いていらっしゃると思います。少なくとも、取り乱してはいません」

どのように答えればいいのか。山之内としっかり打ち合わせてくれればよかった、と悔いつつ朋子は当たり障《さわ》りがなさそうな答えをなんとか返した。

「そもそも、警護にお前が指名された理由について、説明はあったか？」

宮代の問いは続く。

「説明を受けたわけではありませんが、私の体調を慮《おもんぱか》ってくれた部分もあるかと思います。ご本人の前で意識を失いましたので」

「そういうことなら、気遣いは不要と申し入れたほうがいいかもしれないな」

宮代の下した結論を聞き、それは困る、と朋子は咄嗟《とっさ》に思考を巡らせた。

「はっきりとは仰《おっしゃ》らないのですが、病院内に留まることに対して、代議士は多少なりとも危機感を抱いていらっしゃるのではないかと。それでSPを一人身近に置きたいのかもしれません」

「危機感があるのなら他の病院を選べばいいだけのことだが、病院に留まりたい理由でもあるのかね？」

宮代は朋子の説明には納得しかねるようだった。

「病院についても今、調査を続けている。山之内代議士が狙撃されたのは我々の知る限り今回が初めてだ。病院に何かしらの要因がある可能性は捨てきれない」

「基金じゃないでしょうか。代議士が病院を訪れるきっかけは今回、病院が立ち上げた難病支援の基金です。あの基金については病院内でも詳細を知っている人間が限られています。うさんくさい基金のようです。調べてみる価値はあるのではないかと思うのですが」

「それはウチの仕事じゃない」

意を決し、告げた言葉に対する上司の対応は、にべもないものだった。

「どうした、葵。我々の任務は要人警護だ。それとも山之内代議士から何か言われたのか?」

「……いえ。私の独断です。山之内代議士から何を言われたわけではありません」

「葵、一つ確認したいんだが……」

と、ここで宮代が酷《ひど》く言いづらそうに朋子に問いかけてきた。

「はい」

なんだろう? 首を傾《かし》げた朋子に、尚も首を傾げさせる問いを宮代が発する。

「山之内代議士の警護は代議士の病室内で行っているということだったが、ベッドは別なんだよな?」

「……あの……それはつまり……」

宮代が確かめようとしているのはなんなのか。自分の推察が正しいとは思えないながらも、朋子は一応、確認をとった。

「セクハラを受けていないかということでしょうか?」

「いや、まさかとは思ったんだが、山之内代議士は独身だというし、警護はお前しかいらないと強硬に言い張るから、もしや性的な意味でお前を気に入ったんじゃないかと、邪推してしまってな」

ますます言いづらそうな宮代の言い分に、反応したのは田中のほうだった。

「部長、さすがにそれは……。山之内代議士は責任を感じられている様子だそうですよ。自分を狙撃犯から守った際に、葵が意識を失ったことに対して」

「巻き添えを食った病院の秘書に対しても、手厚いフォローをしていますし、セクハラということはないかと思います」

「やはり考えすぎだったか。いや、申し訳ない。山之内代議士には浮いた噂《うわさ》がないもので、つい勘ぐってしまった」

宮代が頭をかきつつ詫《わ》びてきたあとに、

「ところで」

悪戯《いたずら》っぽい顔になり朋子が困り果てるような問いを発してくる。

「浮いた噂がないのは君も同じだが、実際どうなんだ？　そろそろ身を固めてもいい歳《とし》なんじゃないかな？」

「……はあ……」

考えようとも思わなかったが、果たして葵に恋人はいるのだろうか。いてもおかしくないが、なんとなくいない気がしたのは、女心がまるでわかっていないように感じたからだった。

「それこそ、セクハラですよ」

今回もまた、直属上司の田中がフォローを入れてくれ、話題は流れていったが、朋子の胸にはなぜか、葵の恋人の有無について、少しひっかかるような気持ちが芽生《めば》えていたのだった。

6

Aoi

「ただいま戻りました」

　秘書室から山之内《やまのうち》のいる病室へと戻ってきた葵《あおい》は、そこに自分の姿をした朋子《ともこ》がいないことに違和感を覚え、速水《はやみ》を見やった。

「上司の田中《たなか》班長の命で、警視庁に向かわれましたよ」

「それは……」

　大丈夫なんだろうか。不安が顔に出たのか、速水が言葉を足してくる。

「田中さんが捜査に乗り出したのに影響を受けた感はありました。何せ外見はご自身のものですしね。何かせねばなるまいと思われたのかもしれません」

「気にする必要はなかったのですが。私は訓練を受けていますが、彼女は違うのですから」

　言いながら葵は、速水に言ったところで意味はなかったか、と思い直した。

「申し訳ありません」

「いや、謝罪の必要はありません。実は私も青井《あおい》さんをここから出すことに関しては反対したんです」

「さっきから速水に非難され続けているんだ。僕の考えがなさすぎだと」

やれやれ、というように、山之内代議士が肩を竦《すく》める。

「やる気になってくれた彼女の熱意を尊重したんだ。彼女ならたとえ突発事故が起こっても臨機応変に対応できると思ったしね」

「そりゃ秘書としての彼女は優秀なんでしょうが、SPの経験は皆無なんですよ。身の危険を覚えるような状況に陥《おちい》っていたらどう責任をとるんです」

速水の、山之内に対する物言いのキツさに、葵は内心驚いていた。同年代ではあろうが、秘書の口のききようではない。

とはいえ顔には出さなかったつもりであったのに、山之内には気づかれたらしく、苦笑めいた笑みを浮かべた彼が『理由』を教えてくれた。

「速水とは幼馴染《おさななじ》みなんだよ。子供の頃から優秀だった彼には是非《ぜひ》、僕を支えてもらいたくてね。頼み込んで秘書になってもらったようなものだから、立場は僕のほうが断然弱いのさ」

「先生、嘘はやめてください。立場は断然、先生のほうが上でしょうに」

それを聞き、呆《あき》れた口調で速水が返したのだが、『立場が下』の相手の言動ではないな、と葵は心の中で呟《つぶや》いた。

「秘書室の様子はどうだった？　君がジャージで来たことに対して、突っ込まれたりしなかったかい？」

葵の心情を読んだかは不明だが、山之内がここで話題を変えてきた。

「ジャージについては特に。それより気になることが」

そもそもそれを報告にきたのだった、と葵は気持ちを切り換え、自分の今すべきことへと意識を集中させていった。

「気になること？」

「はい。病院内に暴力団員と思われる連中が現れました。後輩秘書が奴らに絡まれたのですが、今までそうしたことは皆無とのことです」

「暴力団員……昨日の狙撃犯と同じ団体だろうか」

山之内が眉《まゆ》を顰《ひそ》め呟いた言葉は、葵への問いかけというよりは独り言のようだった。

「彼らはもう、病院を出ていますか？」

速水が山之内の横から問うてくる。

「はい。逃げ足の速い奴らで。しかし顔は覚えています」

「それは頼もしいね。ああ、そうだ。監視カメラにも写っていないかな。警察で誰と特定できるといいんだが」

　山之内の言葉に、速水が、

「すぐ、警察に連絡します」

と、言葉どおり『すぐ』ポケットから携帯電話を取り出し、二人に背を向けたかと思うとどこかにかけ始めた。そんな彼の姿を見ていた葵に、山之内が声をかけてくる。

「他に何か気になることはあったかい？」

「少なくとも秘書室と理事長の、先生狙撃への関与はないと思われます。副院長にはまだ面談できていません。暴力団員についてのご報告をまずせねばと考えたもので。これから行くつもりにしております」

「ゆっくりしていくといいよ。その制服の乱れようを見ると、君、一暴れしたんだろう？」

「……あ……」

　言われて初めて葵は、自分の身体《からだ》を見下ろし、シャツがしわくちゃになっていることに気づいた。もしや、と振り返り、スカートのスリットも裂けているのを認識する。

「まずい……」

　また朋子に怒られるとの思いから呟いた葵の前で、山之内がにっこりと笑った。

「君にとっては酷《こく》かも知れないが、ここで大人しく待つことを勧めるよ」

「……はい」

要は問題は起こすなと、そう言いたいのだろう。大人しく頷《うなず》いた葵に、山之内の横から短い通話を終えた速水が声をかけてくる。

「スカート、よければ縫《ぬ》いましょう」

「いや、自分でできますので」

針と糸を借りようか、と答えながら考えていた葵に、速水がハンドバッグを差し出してきた。

「青井さんのハンドバッグです。失礼ながら中を拝見したところ、ソーイングセットが入っていました」

「使わせていただくことにします」

ありがとうございます、と葵がバッグを受け取ると、速水は、

「こちらへどうぞ」

と、山之内が寝室として使っている部屋へと案内してくれた。

「我々は隣で打ち合わせをいたしますので。この部屋でゆっくりお休みください」

速水が一礼し、部屋を出ていく。山之内の病室として案内されたその部屋は広く、中央にベッドが二台、並んでおり、どちらも綺麗《きれい》に整えられていた。

一台は入院患者用、もう一台は簡易式で付き添い用のようである。付き添い用に速水は寝ているのか、と思いながら葵は、スカートを脱ぐとそのベッドに腰を下ろし、ハンドバッグを開いた。

朋子のプライバシーを侵害していることに罪悪感を覚えるため、できるだけ中を見ないようにしてソーイングセットを探す。

バッグインバッグ——という名称を葵は知らなかったが——のいくつかあるポケットの中に、ソーイングセットは入っていた。ハンドバッグ内もきちんと整理され、ごちゃついたところがまるでない。

彼女は何事においてもきっちりしているのだな、と葵は昨日一夜を過ごした朋子のマンションの室内を思い出していた。

1LDKで一部屋ずつはそう広くはなかったが、リビングダイニングはいつ来客を迎えても大丈夫なほど綺麗だったし、寝室のクロゼット内も整理整頓《せいとん》されていた。おかげでジャージを探すこともできたのだが、部屋に限らず冷蔵庫の中もバスルームでさえ綺麗に片づいていることに感心しつつも、彼女はそれで疲れないのか、と思わずにはいられなかった。

もともとが几帳面《きちょうめん》な性格で、少しの無理もしていないのかもしれない。葵もどちらかというと几帳面なほうではあったが、思い返すに今、寮の自室は人を迎え入れられるほどには片づいてはいなかった。

たまたま、掃除をしたあと等なのかもしれないが、にしても片づきすぎているのだ。バッグにしろ部屋にしろ、と、そんなことを考えながら葵は針に糸を通し、裂けたスリットを繕《つくろ》いはじめた。

葵はごついガタイをしてはいたが、手先は比較的器用なのだった。大学の頃は一人暮らしをしていたために自炊《じすい》もできるし、中学の家庭科で習った程度ではあるが裾上《すそあ》げなどは自分でもできる。

とはいえ、几帳面な朋子からすると満足いかない出来映えかもな、と糸が解け、裂けてしまったスリットをあっという間に修繕《しゅうぜん》し終えた葵は、自分の縫い目を見て、やれやれ、と溜め息を漏《も》らした。

スカートを再び穿《は》いたあと、外見をチェックするためにバスルームへと向かう。

「…………」

洗面台の鏡に映る『自分』の姿を見た葵は、頭では今の外見がどうなっているか、わかっているはずなのに、映っていたのが女性であることには、どうしてもぎょっとせずにはいられなかった。

美人だと思う。スタイルもいい。初対面の印象は、いかにも大病院の秘書らしいな、というものだった。

入れ替わったあと、『自分の』外見で取り乱す彼女に触れ、意外にヒステリックだなと感じたが、そのような状況に陥《おちい》ることなど皆無だろうから、仕方ないことなのかもしれない、と納得できた。

院長にお茶を淹《い》れるのに、あの煩雑《はんざつ》なマニュアルをそらんじ、手際《てぎわ》よく淹れていたという様子であることから、仕事でもきっちりしていたと推察もできる。

毎日すべてにおいて『きっちり』した生活を送っていて、疲れることはないのだろうか。

葵は鏡の中の『朋子』の顔を見ながら、またもそんなことを考えていた。

彼自身、仕事はハードではあったがやり甲斐《がい》はあったし、仕事では緊張感を極限まで高める必要があるために、オフはすっかり気の抜けた状態で生活していた。

それで寮の部屋もそう片づいてはいないのだが、それだけに隙《すき》の無い朋子を、案じてしまったのだった。

が、すぐに、余計なお世話か、と気づき、いつしか眉間《みけん》に寄せてしまっていた縦皺《たてじわ》を指で擦り、解いた。

そのまま鏡に映る顔を見ながら葵は、昨日見た彼女の笑顔を思い出しつつ、にっこり、と笑ってみせた。が、どうしても笑顔が引き攣《つ》るので、何度も何度も笑い直し、ようやくこれ、という顔に到達する。

「うん、美人だ」

普段使っていない表情筋を使っているため、葵自身には違和感はあったが、朋子の『顔』にとっては使い慣れたものであるためか、負担は殆《ほとん》ど感じなかった。

これからどのくらいの間、中身が入れ替わったまま生活せねばならないか、答えは誰にもわからない。少しでも慣れておくことにしようと思ったのだが、男性と違い、女性には覚えることが多かった。

まずは化粧《けしょう》。それから服装。女性誌でも買って勉強するか。しかしその間があったら山之内代議士を狙撃した犯人について病院内を探りたい気もする。

今日、チンピラが病院に来たのも偶然ではなく、山之内代議士がいるからではないのか。となればやはり警護の人数は増やしてもらったほうがいいのかも、と、葵は、部屋の前に立っていた同僚、伊藤《いとう》を思った。

彼は勿論《もちろん》優秀な先輩ではあるが、一人での警護では限界がある。状況を上司に報告し、警護態勢を整えてもらおう。

よし、と頷いた葵だったが、すぐ、その説明は誰がするのだということに気づき、またも深い溜め息を漏らした。

自分ではできない。何せ外見は朋子なのだ。それなら山之内や速水は、とも思うが、彼らは秘密裏《り》に動きたいようである。その理由を彼らは自分と朋子の入れ替わりが世間に知られないために、と言っていたが、実のところ、別の理由がありそうだった。

難病基金を怪しみ調査中ということだったが、黒幕がとんでもない相手だった——そういったことか？

それこそ、日本を揺るがすような、と考え込んでいた葵は、ここでふと我に返り、思わず笑ってしまった。

そんな、ドラマじゃあるまいし、と心の中で呟いてから、まさに今、自分がたとえ『ドラマ』であったとしても珍しすぎるシチュエーションにいることに気づき、また込み上げてきた溜め息を堪《こら》える。

昨夜は、もしや眠って朝になれば、すべて夢だったというオチがつくのでは、と考えながら寝た。夢でなくとも、自然と身体に中身が戻っているのではと期待したが、目が覚めたところは馴染《なじ》みのないマンションの部屋で、期待は無残に裏切られてしまった。

シャワーを浴びるのも後ろめたい気がし、下着を身につけるのも誰もいないのに『すまん』と謝りながらこなした。葵も学生時代に一度ではあるが、女性と付き合った経験はあるので、異性の裸体に戸惑っているというわけではない。付き合ってもいない女性の裸を見ることに、罪悪感を覚えてしまうのだ。

朋子はどうだったのだろう。鏡に映る『彼女の』顔を見ながら葵は、自身の——中身が入れ替わる前の、自分の裸体を思い浮かべた。

見たくはないだろう。しかし罪悪感を抱くことはなさそうだ。嫌悪感はあるかもしれないが、そこは目を瞑《つむ》ってもらうしかない。

あと、望むらくは筋トレもこなしてほしかった。筋力は一日でもトレーニングをしないと目に見えて衰える。

葵は今の身体になってから、少しも速く歩けないことや、すぐ息が切れること、加えてまったく腕力がなくなっていることにストレスを覚える。朋子はその逆のはずであろうが、今朝の様子からすると、活用はできなさそうだった。

「上手《うま》くいかないものだ」

溜め息交じりに呟いた己の声が朋子のものであることに、またも溜め息をつきたくなってしまう。しかし溜め息ばかりついているのも後ろ向きでよろしくない。常に前向きに対処しよう。後ろ向きになったところで気持ちが沈むばかりで何も解決しない。

前向きになったところで解決はしないかもしれないが、精神衛生上、後ろ向きでいるよりはいいはずだ。

よし、と葵は鏡を見ながら、両頬《りょうほお》をバシッと叩いて気合いを入れた。

「おっと」

頬が紅くなってしまったことに気づき、いけない、と上から擦る。肌もヤワということだろう。そういえば朝晩、肌の手入れをするようにと言われていた。面倒だなとあまり真剣に聞いていなかったが——メモも渡されたこともあったので——今夜は真面目《まじめ》にタスクをこなそう。

心の中で呟きながら葵は鏡の前から離れると、山之内らのもとに戻ることにした。

「ゆっくり休んでくれていてよかったのに」

戻るのが早すぎたのか、山之内が驚いたように目を見開く。

「一応、先生の警護役ですから」

「はは。君の代わりはドアの外にいるよ。第一、今の身体じゃ思うように動けないだろう?」

山之内が苦笑しつつ告げるのに、葵が答える。

「鍛えます」

「青井さんは、ムキムキにはなりたくないと思ってるんじゃないかな」

ぼそ、と呟いた山之内の言葉がよく聞き取れず、

「はい？」

と問い返したそのとき、

「失礼します」

やたらと聞き覚えがある声がしたと同時にドアが開き『自分』が室内に足を踏み入れた。

「やあ、おかえり。どうだった？　君の職場は」

山之内が明るく朋子に——葵の外見をした彼女に問いかける。

「……緊張しました、もうもう……」

ああ、と溜め息をつき、よろけかけた彼女だったが、葵の存在に気づいたのか、すぐさま姿勢を整え、口を開いた。

「昨日の狙撃犯について、病院とのかかわりを含めた捜査情報を集めたかったのですが、ＳＰの仕事の範疇《はんちゆう》ではないと言われ、たいした話は聞けませんでした」

「…………」

キビキビとした口調で話しているのはもしや、自分が『オネエ口調はやめてほしい』と言ったからだろうか、と葵は気づき、思わず彼女を凝視した。

「そう。疲れただろう？　隣の部屋で休んでくれていいよ」

山之内が朋子を案じてみせ、速水に目配せする。

「ベッドは整えてありますので、どうぞ」

速水が朋子を奥の部屋へと案内しようとしたそのとき、ノックが響き、ＳＰ仲間の伊藤が顔を出した。

「すみません、秘書室の今泉《いまいずみ》さんと幸村《ゆきむら》さんが、差し入れをお届けしたいと……」

「お気遣いは感謝しますが丁重にお断りしてください」

すかさず速水が告げたのに、ＳＰが言いづらそうに言葉を足す。

「それがその……代議士にではなく同僚の青井さんに、とのことなのですが」

「あたし？」

思わず朋子の口から声が漏れる。『自分』が『あたし』と言っていることに、ぎょっとした葵だったが、それですぐ、本来驚くべきは自分のほうだ、と気づいた。

「わ、私ですか？」

「え？　あ、はい」

『葵』が『あたし？』と言ったことに動揺《どうよう》していた様子の同僚が、訝《いぶか》しそうにしながらも葵へと視線を向け、頷く。

「外で受け取りましょう」

葵の見たところ、秘書室の二人は山之内襲撃にはかかわっていないと思われたが、部屋に入れることは躊躇《ためら》う。単に自分に——正確には『朋子に』だが——差し入れをするためだけに訪れたのだとしても、山之内らに迷惑をかけるわけにはいかない。

それで葵は、自らが部屋を出ると申し出たのだが、山之内は笑って彼の気遣いを退けた。

「いや、かまわないよ。入ってもらうといい」

「しかし……」

自分と朋子の入れ替わりしかり、基金の件しかり、部外者はあまり立ち入らせないほうがいいのでは、と、葵はあくまでも躊躇ったが、山之内は、

「案内してくれていいよ」

と直接ＳＰに声をかけてしまった。

「は」

ＳＰが一礼したあと、ドアの向こうに消える。と、入れ替わりに、

「失礼します」

と今泉と幸村が部屋に入ってきて、山之内を見つけ、あ、と声を上げた。

「す、すみません。山之内先生もいらっしゃったなんて……」

「大変失礼しました」

二人してぺこぺこ頭を下げ、そのまま退室しようとする。

「かまわないよ。私がいては緊張するか。それなら向こうの部屋にいっているよ」

山之内が二人に微笑《ほほえ》み、先にドアへと向かった速水に続き奥の部屋へと消えていく。

「びっくりしたー」

「やっぱりイケメンだったー」

今泉と幸村は二人して顔を見合わせ、溜め息をつき合っていたが、すぐ、葵のほうへと駆け寄ってきた。

「青井さん、大丈夫だったかなと思って」

「さっきは本当にありがとうございました」

「え？　ああ。大丈夫だ。幸村さんこそ大丈夫なのか？」

今泉と幸村、二人が胸に飛び込んでくる勢いで問うてきたのに、葵は戸惑いながらも、涙目になっている幸村の顔を見下ろし、逆に問い返した。

「私は大丈夫です。青井さんに庇《かば》ってもらったから。でも青井さんが怪我をしたんじゃないかと、心配になっちゃって」

「そう。スカートが破れてたこともようやく私たち思い出して。せめて繕《つくろ》わせてもらいたいなって」

「スカートならさっき、自分で繕ったから大丈夫だ。ありがとう」

ほら、と葵はスカートを回し、裂けたスリット部分を前にして二人に見せた。

「もう、青井さん、なんでもできすぎですよ」

「もう、出る幕ないってかんじ」

それを見た二人が、がっかりした顔になる。自分のために何かをしてくれようとした気持ちは嬉しい、と葵はそんな二人の肩を叩き、顔を覗《のぞ》き込んだ。

「そんなことはなかっただろう？　院長のお茶淹《い》れも助けてもらったじゃないか」

「えっ」

と、ここで野太い男の声が響き、秘書たちの――そして葵の意識は、声の主へと向けられた。

「し、失礼しました」

慌てた様子で頭を下げた『自分』を見て、葵は、自分の言動が何かまずかったか、と咄嗟《とっさ》に今までの会話を振り返った。そんな葵に幸村が少し頬を赤らめながらも声をかけてくる。

「あんなの、マニュアル見て淹れただけですよう」

「あれから院長に三回もお茶淹れ、頼まれちゃいました。私たちでも淹れられるとわかったのが余程意外だったみたいで」

今泉もそう言うのに、もしや、と葵は心配になり二人に問いかけた。

「君たちの仕事を増やしてしまったのだったら申し訳ない」

「いえいえ！　そうじゃなくて！」

「逆に嬉しかったって言いたかったんです。理事長、私たちのことなんて今まで眼中になかったから。って、あれ？　何言っても嫌みっぽくなっちゃうけど、そういう意図はほんとにないんですよー」

幸村と今泉が、何か必死にフォローしようとしている。その意図は今一つわからなかったものの、自分の身を案じて訪ねてくれたのは嬉しいと、その気持ちを葵は伝えることにした。

「嫌みだなんて思うはずはない。忙しい中、ありがとう。私が暫《しばら》くここで勤務するために迷惑をかけているかと思うが、何かあればすぐ、駆けつけるので」

「迷惑なんてかかってないです。というか、今まで本当に青井さんに頼り切りだったたって反省してます」

今泉が真面目な顔になり、葵の前で頭を下げる。

「私ももっとしっかりしようと思いました。青井さんの右腕になれるように！」

幸村がやる気に溢《あふ》れた顔でそう言い、ぐっと握った拳を示してみせる。

「右腕なんて私はそんなたいした者ではないけどありがとう。不在中、よろしくお願いします」

そんな彼女たちに葵が頭を下げると、二人は、

「任せてください」

「頑張りますから！」

と揃《そろ》って明るい声を上げた。

「あ、これ！　さっき副院長のところに来たお客さんからもらった銀座《ぎんざ》の最中《もなか》です。青井さん、甘いの結構好きだったなと思って」

「あの店、予約しないと買えないっていうしね」

そう言うと二人は葵に最中を四つ渡してきた。

「山之内代議士と秘書のかた、それからあの……」

と、幸村がちらと朋子を目でみたあと、視線を葵に戻し言葉を続ける。

「SPのかたもよかったら」

「お気遣いありがとう」

『SPのかた』として礼を言ってしまったあと、葵は、しまった、と慌てて笑顔を作った。

「本当にありがとう。遠慮《えんりょ》なくいただきます」

「青井さん、早く帰ってきてくださいね」

「あ、何か手伝えることあったら言ってください」

今泉と幸村はそう言うと、

「それじゃ、失礼します」

と朋子にも声をかけ、退室していった。二人の後ろ姿を見送ったあと、葵は手の中の最中を見下ろす。

「最中か……」

正直、葵は甘いものがそう得意ではなかった。また、山之内に渡すのも躊躇《ためら》われた。もらい物だというが、万一のことがあってはいけない。しかし、もらったことだけは伝えておくか、と思いつつ、顔を上げた葵は朋子がじっと自分のほうを見ているのに気づき、声をかけた。

「どうした？　あ、これか？」

途中で、最中が欲しいのかと気づき、笑顔で紙に包まれた一つを差し出す。

「……え？」

朋子は受け取ることなく、尚もじっと葵を見ていたが、不意にその目から涙が溢《あふ》れ出したため、葵は仰天《ぎょうてん》し、思わず大声を上げてしまった。

「おい、どうした?」

「う……っ……」

どうやら嗚咽《おえつ》を堪《こら》えていたらしい朋子が、声を漏《も》らしたあとに、両手に顔を伏せ、しくしくと泣き始める。

「おい……?」

一体なぜ彼女は不意に泣き出したのか。戸惑う葵の、先程上げた大声を聞きつけたらしく、

「どうしましたっ」

と速水が駆け込んでくる。

「いや、その……」

頭を掻《か》く葵と、声を殺して泣く朋子。二人の姿を前に速水と、彼のあとから部屋に足を踏み入れた山之内は、どうしたことかと目を見開き、顔を見合わせたあとに視線を葵へと向けてきた。

「何があったんです?」

「いや、最中をもらったんですが……」

泣くほど嬉しかった、というわけではあるまい。首を傾《かし》げた葵の手の中を見た山之内が、

「最中だね。銀座の」

と嬉しそうな声を上げる。

「ちょうどいい。お茶にしよう。そこでゆっくり彼女から話を聞くことにしようじゃないか」

「…………はあ…………」

頷《うなず》くのは葵ばかりで、朋子はまだ涙が止まらないらしく、顔を上げようとしない。

泣いているのが『自分』の姿であるだけに感じなくてもいい羞恥《しゅうち》を覚えつつ、なんとか泣き止んでほしいものだと葵は祈らずにはいられないでいた。

「さあ、最中だ。速水は甘いものが苦手なので彼の分も食べていいよ」

山之内が朋子を座らせ、最中を前のテーブルに置く。その横に速水が淹れた茶を置き、大丈夫か、というように朋子の顔を覗き込んだ。

「……申し訳ありません。取り乱してしまって……」

朋子が小さな声で詫《わ》び、ようやく顔を上げる。

「…………」

目が腫《は》れている。自分の泣いた直後の顔は、まったくもって情けないものなのだな、と葵は朋子に気づかれぬよう、こっそりと溜め息を漏らした。

「何かにショックを受けたのかい？　警察で？　それともこの病院内で？」

山之内が最中を勧めながら、静かな口調で問いかける。

「……本当に申し訳ないです。ごく、個人的なことなので……」

消え入りそうな声で朋子が答える。外見が『自分』であるだけに葵は、あまりに元気のないその様子に違和感を覚えるばかりで、朋子がなぜ泣き出したのか、さっぱり見当がつかなかった。

突然、泣き出したのだ。秘書室の同僚たちが帰った直後だったから、もしや自分も早く彼女たちと仕事がしたい、でもこんな外見じゃできない——で、泣いた、とか？

いかにもありそうだが、泣いても詮《せん》ないことじゃないのか。やれやれ、と心の中で溜め息を漏らした葵の耳に、山之内の優しげな声が響く。

「個人的なことでもいいよ。吐き出せば少しは楽になるだろう。さあ、なんでもいいから話してごらん」

まるで仏だな、と感心する葵の前で、朋子は最初、

「申し訳ありません」

と詫《わ》びてばかりいたが、やがて細い声で、

「実は……」

と泣いた理由を話し始めた。

「とても……羨《うらや》ましくなってしまって。と同時に、情けなくもなって……」

「羨ましい？」

同じ言葉を問いとして発した山之内の横に立つ速水が、「ああ」と納得した声を上げる。

「後輩お二人がお見えになったからですか？　いつもどおりの生活をしている彼女たちが羨ましくなったと……」

「速水、先回りはやめろ」

即座に山之内が注意を促したが、葵もまた同じことを考えていた。

「……いいえ。羨ましいのは……」

だが正解ではなかったらしく、朋子は首を横に振ったかと思うと、視線を葵へと向けてくる。

「え？」

基礎中の基礎、自分の姿をしている葵が羨ましいと、それで泣いたのか？　今更じゃないか、と呆《あき》れかけた葵を見る朋子の瞳がみるみるうちに潤んでくる。

勘弁してほしい——顔を伏せかけた葵の前から、相変わらず優しげな声で山之内が問いを発した。

「田中君が羨ましいんだね。もしかして、後輩の彼女たちに慕《した》われていたから、かな？」

「うぅ……っ」

先回りはするな、と先程速水に注意したばかりだというのに、先回りをして問いかけた結果、朋子は泣いてしまった。

慕われていた？　職場は決して悪い雰囲気《ふんいき》ではなかった。いつも、ああいう感じではなかったということだろうか。

問うてみたいが、またも両手に顔を伏せ、嗚咽を堪えて泣く朋子を見ては厳しいことは言えそうにない。

やれやれ、とまたも溜め息を漏らしそうになっていた葵の頭にはそのとき、あまり思い返したくもない『自分』の泣いた直後の情けない顔が浮かんでいた。

7
Tomoko

なぜ、こんなに涙が出るのか。

自分でも情けないと思うし、はやく泣き止みたいと願っているのに、涙は次から次へと込み上げてくる。

ショックだった、と必死で涙を呑《の》み下す朋子《ともこ》の脳裏《のうり》にそのとき浮かんでいたのは、決して打ち解けることのなかった後輩二人に囲まれた『自分』の姿だった。

表面上、上手《うま》くやってはいた。が、慕われていると感じたことはなかった。もしも中身が入れ替わっていなかったら——その前提がなければ自分が山之内《やまのうち》の秘書役を務めることにはならなかっただろうが——彼女たちは決して、この部屋を訪れはしないだろう。

人気の最中を持ってきてくれることだって当然なかったはずだ。何せ二人は甘いものが大好きだから。

「う……っ」

最中が視界に入ったため、更に嗚咽が込み上げてきたのを、必死で堪える。

「田中《たなか》君、秘書室の様子を教えてくれないか？」

朋子が喋《しゃべ》れないでいることに焦れたらしく、山之内がそんな問いを葵《あおい》にしている。聞きたいような聞きたくないような。そう思いながらも朋子は葵の話に耳を傾けていた。

「いい雰囲気でした。私が何もできずにいて困っていたら皆して協力してくれて。チームワークがとれているなと思いました」

「……うう……っ」

そんな状況に、今までなったことはなかった。チームワークなんて感じたことはなかった。どうして自分が自分であったときには感じなかったのか。情けない。悲しい。

ますます込み上げる涙を持て余し、ぐっと目を押さえる。朋子が唇を噛《か》みしめ嗚咽を堪えている間も、山之内と葵の会話は続いていた。

「具体的に何があったか、教えてくれないか？」

「具体的には……院長が飲むお茶の淹《い》れかたは特殊だそうで、わからないと言ったらかわりにマニュアルを探し出し、調べながら淹れてくれました」

「他には？　ああ、もしやチンピラとの乱闘は、彼女たちを庇《かば》ってのことかな？」

「……えっ？」

あまりに意外な言葉が告げられたことに、驚いたせいで朋子の涙は一瞬にして止まった。

先程、今泉《いまいずみ》や幸村《ゆきむら》がさかんに『大丈夫か』と聞いていたのはそのことか、と察したと同時に朋子は、葵本人にそれを確かめてしまった。

「チンピラと……乱闘？」

「乱闘はオーバーだ。幸村さんが絡まれていたのを救っただけで」

「……チンピラから……彼女を救った？　私が？」

そんなことがあったのか。だから彼女たちはここへとやってきたのか。さすがに恩義を感じたのだろう、と一度は納得したものの、それだけではなかった、と今泉と幸村の様子を思い起こした。

「考えなしの行動だった。申し訳ない。だがあなたの身体《からだ》に傷はつけていないので安心してほしい」

いつしか黙り込んでいた朋子の様子を、怒りを覚えていると読んだらしい葵が頭を下げてくる。

「いや、驚いただけで別に責めているわけじゃないので……」

後輩を救ったことを怒っていると思われるのは心外である。それで言い返した朋子の言葉に、葵は安堵《あんど》した顔となった。

「そうか。よかった」

「……あの……」

葵の──『自分』の笑顔に思わず注目してしまったのは、笑い方がいつもの自分とはまるで違ったからだった。

うまく言えないが、自然だった。自分が鏡の前で鍛錬した『笑顔』とはまるで違う。後輩たちといたときも彼は──見た目は『彼女』だが──あんな風に笑っていたのではないか。そして後輩も同じく、ごく自然に笑っていたのでは。

いつものように、お互い作った笑みではなく──。

「先程田中さん、秘書室の印象について仰《おつしや》っていましたよね」

「え？」

朋子の言葉に、戸惑いの声を上げたのは葵ではなく、傍にいた速水《はやみ》だった。

なぜそんなことを今蒸し返すのか。疑問に思ったらしい速水を山之内が「こら」と窘《たしな》める。

「ああ……」

葵は何を言ったかを思い出そうとする素振りをしたあと、やがて口を開いた。

「いい職場だと思った。チームワークがとれている。フォロー態勢ができているのがいい。皆、俺のことを──君のことを心配している様子だった」

「……私の職場じゃないです、それ……」

「え？」

朋子の言葉に、葵が戸惑った顔になる。

「……私の職場、雰囲気よくなかったです。後輩たちとは表面上はうまくやってましたけど、お互い距離があったというか……。あんなふうに私に歩み寄ってくれたことはありませんでした」

「そうなのか？」

葵は心底、不思議そうにしていた。そのことにまた傷つく思いがしながら、朋子は言葉を続けていった。

「お互い、思うところはあるけど、口にすることはなかったです。それがうまくやっていくコツだと思っていたから……」

「そうは見えませんでしたよ」

ここでまた、速水が口を出す。

「お前は黙ってろ」

再び山之内は注意を与えたあとに、朋子に向かってやや身を乗り出し、口を開いた。

「あなたのお話を聞くに、後輩のかたたちはあなたが本音を言ってくれるのを待っていたんじゃないかな」

「……私が……？」

問い返した朋子に、山之内が「ええ」と笑顔で頷《うなず》く。

「隣の部屋で聞いていたよ。彼女たちは普段、完璧《かんぺき》に仕事をこなすあなたに感謝していたが、頼ってほしいとも言っていたよね。思うに、田中君に頼られたのが嬉しかったんじゃないかな。それが彼女たちの心を開くきっかけになったんじゃないかと」

「………そう……なんでしょうか」

確かに、後輩たちを頼ったことはなかった。もっとフォローしてほしいと思うことはよくあったが、注意をすることで疎《うと》ましがられたくないと躊躇《ためら》った結果、すべて一人でこなすことになっていた。

彼女たちはそれについて、何か言ってくることはなかった。それが不満だったと、そういうことなんだろうか。

楽をしたがる彼女たちが仕事を欲するとは思えないのだが。眉《まゆ》を顰《ひそ》めた朋子に、山之内は、

「それを証拠に」

と視線を葵へと向けた。

「は？」

何か、と問い返してきた葵に山之内が問いを発する。

「彼女たちを頼ったとき、嫌な顔はされたかい？」

「少しも。かえって、誇らしそうでした」

「だろう？」

山之内は満足そうに笑い、視線を朋子へと戻した。

「単に、コミュニケーションが不足していたということだよ。それだけのことだ。普段の君の仕事ぶりについて、彼女たちは尊敬の念を抱いていたが、一方で自分たちのことも頼ってほしいと願っていた。それに君は気づいていなかったし、彼女たちも己の気持ちを伝えようという気持ちにはなっていなかった。これを機に、改善していけばいいんだよ。なに、簡単なことだ。もう既に彼女たち側には壁はないようだから」

ね、と山之内に微笑《ほほえ》まれ、朋子は、確かにそうかもしれない、と頷いた。

「……そう……ですね」

私側にも、問題があったということか。

恐れずに一歩を踏み出すべきだった。指摘されるまでの自分は、被害者意識の塊《かたまり》だった。周囲に対して不満を抱いているばかりで、自ら改善しようと働きかけたことはなかった。

目が覚めた気がする。朋子は改めて葵を見た。葵もまた、朋子を見返す。

「ありがとうございます。私、全然わかっていなかったんですね」

気づかせてもらったことに礼を述べ、頭を下げる。

「コミュニケーション不足は片方だけに問題があるものじゃない。自分を責める必要はないと思う」

それに対する葵の言葉は優しくて、やたらと朋子の胸に響いた。

「すみませ……っ」

またも涙が込み上げてきてしまったため、両掌《りょうてのひら》に顔を伏せる。

「どうした」

慌てたように声をかけてくる葵に、朋子は答えられないでいたのだが、かわりに、というわけでもないかもしれないが、山之内が問いを発した。

「そういや君の所属する田中班はコミュニケーションがよさそうだね」

「人の命を預かる仕事なので。チーム連携は必要不可欠となります。互いに理解し合うことで協力態勢が万全となると、我々はそう考えています」

「なるほど。本当にそうなんだろうね」

山之内が感心した声を上げ、

「聞いたか？　速水」

と秘書に話題を振る。

「聞いています。我々のコミュニケーションは良好だと思っていますが違いますか？」

「なるほど。お前は良好という認識なんだ」

「え？　先生は違うと？」

「コミュニケーションは一方通行じゃ意味がないんだよ」

あはは、と山之内が笑い、速水が「酷《ひど》いなあ」とクレームを述べる。しかしそれらはおそらく、自分の涙を止めるためのおふざけだろう、と朋子は察していた。

「コミュニケーションの改善に『手遅れ』はないから。意識が自分の身体に戻ったあと、色々とトライしてみるといいよ」

言いながら山之内が朋子の肩を叩く。

「……はい……っ」

いつ、もとの身体に戻れるかはわからないものの、戻ったら後輩たちに対する考え方や態度を改めよう。今、朋子の胸には固い決意が生まれていた。

「銀座の最中か……」

朋子の涙が収まる頃合いをみて、速水がお茶を淹《い》れ直してくれ、四人は——否《いな》、甘いものが苦手という速水と葵はお茶のみとなったが、テーブルを囲み、秘書室の後輩たちが持ってきてくれた和菓子を堪能《たんのう》していた。

「予約しないと買えないという話だったな。副院長宛《あて》にきた来客とか」

山之内の言葉に速水が「そう言ってましたね」と相槌《あいづち》を打つ。

「来客は誰かを確かめる術《すべ》はあるかな？」

「わかるときとわからないときがあります」

朋子の答えに山之内が不思議そうな声を上げた。

「わからないときというのは？」

「副院長は秘密主義で、来客も外出も詳細を誰にも明かさないんです。秘書にすら滅多《めった》に知らせないので、非常にやりにくさを感じています」

「そういえば外出する際は運転手にその旨《むね》を伝えるだけで、行き先を聞いてはいけないと秘書室長に言われました」

朋子の言葉を裏づけるように、葵が声を発する。

「秘密主義であることが許されているんだね」

山之内はそう言うと、うーん、と唸《うな》った。

「今日の外出と来客は、昨日の今日なだけに少々気になるな……速水」

「はい」

呼びかけに応じた速水に、山之内が指令を出した。

「なんとか調べられないか？　この最中、予約販売なんだろう？」

「予約者を全部調べるのは難しいでしょう。やや日持ちもするので今日の予約かはわかりませんし、第一、店側が情報を提供しないでしょう」

にべもなく、という表現がぴったりのそっけなさで速水が答える。同年代とはいえ、気易すぎないか？　と驚いていた朋子に、葵が問いを発してきた。

「駐車場の出入りを管理しているのは病院ですか？　それとも警備会社？」

「警備会社です……あ」

そうか。駐車場入口には警備会社の監視カメラが設置してある。徒歩やタクシーで来た人間の身元はわからないが、車の持ち主はナンバーから調べることができるだろう。

「速水」

「は」

同じ事を察したらしい山之内が速水に声をかけ、速水が短く返事をしたかと思うと即座に部屋を出ていく。

「榊原《さかきばら》副院長について、詳しく教えてもらえるかい？」

後ろ姿を目で追っていた朋子は、山之内に問いかけられ、我に返った。

「大それたことができるような人物ではないと昨日言っていたけど、行動には謎が多いんだよね？」

「はい。とはいえ、外出先は競馬場か競輪場……それに馴染《なじ》みのホステスの同伴くらいではないかと思われます」

確かめたわけではないですが、と言葉を続けた朋子に、山之内が問いを重ねる。

「噂話《うわさばなし》？　それとも根拠があるのかな？」

内容については、と確認を取られた朋子は、

「半々です」

と、説明を始めた。

「ギャンブル好きで、昼間から競馬場や競輪場に行っている、というのは、理事長のところに匿名《とくめい》の投書が来たんです。放置もできないと理事長が副院長を呼び、真偽を問いまし

た。副院長は認めたそうです」

「『そうです』というのは？」

厳しく突っ込んでくる山之内の目は真剣だった。病院の人間としては明かすべきではないのではと思いながらも朋子は、誤魔化《ごまか》すのは難しいと正直なところを打ち明けることにした。

「理事長と秘書室長がその件の対処策について打ち合わせているのを偶然聞いたんです。理事長に急ぎの電話が入ったのを取り次いだときに」

「なるほど。で、対処策は？」

問いかけてきた山之内に、朋子は首を横に振った。

「投書が再び来たら考えよう、という結論だったと思います。投書はその後来なかったので結局は何もせずに終わりました」

「投書した人間は病院内にいたのかな？　それとも院外から？」

「これも噂ですけど……」

しかし信憑性《しんぴょうせい》はある、と朋子は言葉を続けた。

「副院長は看護師に手を出すことが多かったんです。愛人と噂された人を少なくとも二人、知っています。そのうちの一人が退職を余儀《よぎ》なくされ、その恨みで投書をしたのではないかと言われています」

「退職を余儀なくされたのは……ああ、副院長は確か、理事長の妹の夫だったね」

山之内が納得したように頷《うなず》く。

「はい。ウチの病院は世襲《せしゅう》制で、理事長兼院長一族は絶対的存在なんです。副院長は理事長の妹の大学の先輩ということでした」

「逆玉狙い？」

「……まあ、結果論かもしれませんが……」

言いながら朋子は、まさにそれなんだけどなと考えていた。

「副院長のプロフィールが知りたいな」

ぽつ、と呟《つぶや》いた山之内の言葉は、独り言ではなさそうだ、と察した朋子は、自分のわかる範囲で、と口を開いた。

「榊原副院長のご実家は医療関係とは無関係と聞いています。裕福とはいいがたいご家庭だったそうで、結婚が決まったときに病院内に流れた噂はまさに『逆玉狙い』でした」

「ほう。詳しいね」

山之内が感心した声を上げる。

「……その頃はもう、勤務していましたので」

いわば年の功だ、と自嘲《じちょう》気味に答えた朋子に山之内は、

「大変参考になった」

と微笑《ほほえ》み、頷いてみせた。

「副院長が実にアグレッシブであることはわかった。簡単に、つけ入れられそうだな、ということも」

「それは実際に副院長がつけ入れられたということでしょうか」

朋子の問いに対する山之内の答えは、

「そこは自己申告を待つしかないね」

という、同意を放棄したものだった。

「あくまでも可能性の問題だよ。今のところは。しかしあの最中を持ってきたのがヤクザなら、『可能性』が『確信』になり得る……かな」

「…………結果が怖いですね」

副院長のことは正直、好きではない。しかし、ヤクザと共に病院に害を及ぼすようなことをするほどの悪人とは思いたくない。

何せ、院長の義弟である。それでそう呟いた朋子に山之内が、

「だろうね」

と同情的な視線を向けてきた。

「しかし、どうやら君にはつらい展開となりそうな予感がするね」

「……ですよね……」

葵の話によるとチンピラが現れたとのことだった。朋子の知る限り、病院内でヤクザ者が問題を起こしたことはない。このタイミングで現れたのはやはり、昨日の狙撃が関係していると思わざるを得ない。

それを呼び込んだのが副院長なのだろうか。駐車場にヤクザの車が停まっていたとしても、それが副院長を訪ねたものであるとは限らない。いくら自分に言い聞かせてみても、単なる欺瞞《ぎまん》であることは誰に指摘されるより前に朋子は察していた。

「難病基金はおそらく、億単位の金が恒常的に集まることになる。暴力団が資金源にしたくなる気持ちはわかるしね」

肯定するわけではないが、と山之内が苦笑したところに、速水が戻ってきた。

「副院長が再び外出するようです。尾行しようと思うのですが」

「任せる。速水、お前は運転が下手《へた》だから、くれぐれも専門家に任せろよ」

「わかってます。先生の運転手に任せますよ」

速水が肩を竦《すく》め、答えたあとにポケットから取り出した携帯電話でどこかにかけはじめる。

「私だ。行き先を突き止めてくれ。くれぐれも、尾行を気取られることがないように」

電話の相手は先程彼が口にした『先生の運転手』のようだ、と思いながら朋子は通話を聞いていた。

「しかし、わからないな」

ぽつ、と山之内が呟いたのに、朋子より先に葵が問いを発した。

「何がわからないのです？」

「副院長にしても暴力団にしても、基金の立ち上げを成功させたいんじゃないのか？　それをわざわざ僕を狙撃しようとしたり、その後、チンピラを病院内にうろつかせたりするだろうか。ますます、警察の目も世間の目も集めてしまうだろうに」

「……確かに……」

それを聞き、葵が同意し頷いている。

「暴力団と榊原副院長の目的がズレてきたのかもしれませんね」

電話を終えた速水もまた会話に参加してきたが、朋子だけは皆の会話が理解できていなかった。

小説やテレビドラマの世界だ。あとは映画。自分の勤務先は結構有名な病院だが、朋子にとっては『ごく普通』の世界のはずだった。ヤクザなど存在しないし、『狙撃』なんて非日常なことは起こるはずもない。

ついていけない、と溜め息を漏《も》らしそうになったが、ふと見下ろした自分の手がごつごつした男のものであることから、更なる『非日常』の世界に自分がいることに今更気づいて憂鬱《ゆううつ》な気持ちになった。

人格の入れ替わりなんて、現実に起こり得るとは勿論《もちろん》想定していなかった。しかし『現実』として起こっているのだ。その時点でもう、すべてを受け入れることができなくなってしまう。

榊原副院長は果たして、ヤクザに取り込まれたのか。取り込まれていたとして、病院として今後どういう対処をすればいいのだろう。

まずは理事長に報告する？　警察に知らせる？　副院長を悔い改めさせる？　警察に知られたら即、逮捕となるだろうか。副院長が逮捕されたら、病院はどうなるのだろう。無傷、というわけにはいかないだろう。

その中で、自分は何ができるのか。現状としては、できることがあるとは思えないのだが、だからといって何もしないわけにはいかないというのはよくわかる。

「……目的がズレた、というのはもしや……」

『自分』の顔をした葵は、全てを察しているようで、眉《まゆ》を顰《ひそ》め、山之内に問いかけている。

「……僕の、命、かね」

「えっ」

その言葉を聞き、驚いたあまり朋子は思わず、声を漏らしてしまった。

「はは、意外だったかな？」

山之内が笑い、ぱち、とウインクしてみせる。

「実際の命が失われるか否《いな》かはさておき、政治生命が失われるかどうかは僕にとっては日常茶飯事《さはんじ》だからね。そう、気にするようなことじゃないんだよ」

「はあ……」

山之内の言葉は、自分に対する気遣いだろうとわかるだけに、答えは選ばざるを得ない。できることなら、皆の会話をせめて理解できるところまで追いつきたい。

思わず拳を握り締めていた朋子だったが、ふと視線を感じ、葵を見る。

「…………」

なんともいいようのない表情を浮かべている彼の頭にある考えはなんなのか。気になる、と思わず顔を凝視してしまっていた朋子はこの先、その『答え』に至るまでの間、やきもきとした時間を過ごすことになったのだった。

8
Aoi

意外だった。

葵《あおい》は朋子《ともこ》の外見から、あらゆることに対し自信満々なタイプなのかと思っていた。

後輩との関係に悩んでいるとは想像してもいなかったがゆえに、女性の心理というのは複雑なものなのだな、と葵は感心してしまったのだった。

男同士の場合は、もっと感情的にストレートな気がする。少なくとも葵の周囲では、感情を胸の中に押し隠すようなタイプの人間はいなかった。

警察は縦社会なのが逆に軋轢《あつれき》を生まずにすんでいるのかもしれない。そんなことを考えながら葵は朋子が泣き止むのを待っていた。

泣いているのは朋子だが、姿形は自分である。今までなら情けなく感じただろうが、葵の胸にそうした感情は不思議と湧いてこなかった。

美人で、優秀で、何かと目立つポジションで。皆から羨《うらや》ましがられる存在なのだろうに、胸には孤独を抱えていた。

彼女は多分、頑張りすぎるのだ。何事においてもきちっとしていないと、と頑張る。もっと肩の力を抜くといい。家だってあんなに綺麗《きれい》に片付けなくていいし、化粧《けしょう》も完璧《かんぺき》にしなくていい。

秘書という仕事は、きちんとすべきところはきちんとしていなければならないのだろうが、生活全般、きっちりする必要はないのでは。

真面目《まじめ》すぎるのは勿論利点ではあるが、彼女のためにはそこを崩したほうが楽になれるのではないかと思う。

しかし、それができないのが彼女、という気もする。そしてそこが魅力という気も——と、ここで葵は、はっと我に返った。

魅力って——なんだ？

「田中《たなか》君、どうした？　ぼんやりして」

山之内《やまのうち》に声をかけられたことで、ますます慌てる。

「あ、いや、その……」

朋子もまた、不思議そうに葵を見る。見ているのは自分の顔だが、注目されていると思うとなぜかやたらと鼓動が高鳴ってきた。

なんだこれは。女性の身体《からだ》に慣れていないからか？

『女性の身体』という言いかたは妙にいやらしい。今考えることじゃないのにそんな言葉が頭に浮かび、ますます頬《ほお》に血が上ってきた。

「な、なんでもありません……っ」

「顔が紅いよ。体調でも悪いのか？」

「いや、大丈夫です。まったく」

堪《たま》らず立ち上がってしまった葵を見て、朋子がぷっと噴き出す。

「ちょっと、スカート後ろ前のままですよ」

「あっ」

先程後輩たちが来たときに、スリットはちゃんと自分で縫《ぬ》った、と示したままになっていた。慌ててスカートを回す葵に朋子が、

「裁縫《さいほう》、上手《うま》いですねえ」

と感心した声をかけてくる。

「いや、そんなことは。あ」

ここで葵は、無断でソーイングセットを借りたことを思い出した。

「え？」

「すまん。勝手にソーイングセットを使わせてもらった」

「なんだ、そんなこと。私のものはなんでも使ってください。勿論、洋服もですよ。明日もジャージは勘弁してください」

「……わかった。何を着ればいいか、レクチャーしてもらえるか?」

答える声が妙に、喉《のど》にひっかかる。朋子が——顔は自分だが——じっと見つめてくるせいだ。咳払《せきばら》いをしかけたそのとき、速水《はやみ》の携帯の着信音が室内に響いた。

「はい。え? あ、わかりました。すぐ送ってください」

短い通話を終えたあと、メールの着信を待っていた速水が、

「来ました」

とスマートフォンの画面を葵へと向けてきた。

「警察から、防犯カメラに写っていた暴力団員の照会が来ました。田中さん、ご覧いただけますか?」

「拝見します」

すぐに気持ちを切り換えた葵は、渡されたスマートフォンの画面に浮かぶ写真を見た。

「間違いありません。チンピラの一人はこの男です」

断言する葵に速水は頷くと、葵からスマートフォンを受け取り、それを山之内に渡した。

「黒癸組《くろきぐみ》のチンピラです」

「黒癸組……なるほど」

山之内が頷いたとき、彼の手の中にあった速水のスマートフォンが再び鳴った。

「失礼」

速水が即座にそれを受け取り、応対する。

「はい。速水です……え？　あ、すみません。ちょっとタイミングがよすぎて」

「？」

冷静さを貫いていたイメージのある速水が、驚いた声を上げている。何があったのか、と葵だけでなく山之内や朋子までが注目する中、速水は、

「すぐ折り返します」

と電話を切ると、半ば呆然《ぼうぜん》とした顔のまま、山之内へと視線を向け口を開いた。

「榊原《さかきばら》副院長の行き先は黒癸組の事務所だそうです」

「なんだって？」

「……っ」

山之内が驚いた声を上げる横で、葵は思わず息を吞《の》んでいた。

「追跡した運転手の三郷《みさと》の報告では、榊原副院長は酷《ひど》く怯《おび》えた様子で建物内に入っていったと」

「最中《もなか》は呼び出しだったということか」

うーん、と山之内が唸《うな》り、葵を見る。

「チンピラたちが暴れたのも、副院長を揺さぶるためだったのかもしれないな」

「そうですね」

唐突《とうとつ》なチンピラの登場の理由としてはあり得る、と葵もまた頷く。

「黒癸組の名は最近、よく目にする。なるほど。そういうことか」

「どういうことなんです?」

葵も疑問に思ったのだが、意外なことにそれを問うたのは朋子だった。

「それは……」

山之内は答えかけたが、すぐ、

「ああ、君は青井《あおい》さんだったな」

と苦笑し、軽く首を横に振った。

「キナ臭《くさ》い話だ。君に聞かせるわけにはいかない」

「どうしてですか」

途端に朋子が気色ばむ。

「一般人。しかもか弱き女性だ。暴力団がどうこう、という話を耳に入れたくない。危険からは遠ざけておきたいのさ。それこそ、僕の責任として」

「でもウチの病院の話ですよね。私も当事者です。間違いなく」

「危険だよ。知らなければ危険な目に遭《あ》うこともない。さあ、向こうの部屋に行ってもらえるかな」

「納得できません」

朋子がきっぱりとした口調で言い切るのを、葵は不思議な気持ちで見つめていた。

なぜ彼女はそうも危険に首を突っ込みたがるのか。今までの彼女だったら、暴力団などと聞いたら怯えて大人しく部屋に引っ込んでいたのではないか。

一体何が彼女を変えたのか。気づけば顔を――本来は葵本人のものなのだが――凝視してしまっていた視線を感じたのか、朋子がちらと葵を見る。

「……っ」

どき、と葵の胸が高鳴る。と、朋子もまた、はっとした顔になったかと思うと目を伏せてしまった。

「君が納得しなくても、僕は君に情報を与える気はないよ。速水」

そんな朋子に向かい、山之内はそう言い放つと、秘書の名を呼んだ。

「はい」

「青井さんを次の間にお連れしろ」

「はあ……」

速水は気が乗らなそうな返事をしはしたが、山之内の指示に逆らうほどの気持ちはないようで、

「青井さん、どうぞこちらに」

と朋子に声をかけた。

「ここにいたいです」

そんな彼の言葉を朋子が拒絶してみせる。

「命にかかわることになりかねないのです。現に先生は狙撃されたでしょう？　あなたを危険な目には遭わせたくないいんですよ」

速水が子供に言い聞かせるように懇々《こんこん》と訴えるも、朋子は頑《かたく》なに、

「ここにいたいんです」

と訴え返した。

「情報くらいはいいんじゃないですか？　気をつけてもらうためにも」

速水は朋子の説得を早くも諦めたらしく、今度は山之内の説得にかかる。

「この部屋を出ないと約束してもらうのはどうでしょう。当然、部屋の護衛は増やしても

らうことにして」

「……そうすればまあ、部屋にいる限りは安全が保てるな」

山之内は渋々頷《うなず》くと、

「それでいいね？」

と朋子に確認を取る。

「……はあ」

朋子はまだ納得しかねているようだったが、これ以上ゴネれば退室を余儀《よぎ》なくされかねないと思ったらしく、不承不承《ふしょうぶしょう》頷いている。

「田中君も部屋で待機してもらうのがいいだろう。速水、警護強化の依頼を警察にかけてもらえるか？　私がわけもなく不安がっているとかなんとか、理由は適当でいい。くれぐれも黒癸組の名は出さないように」

「……先生、よからぬことを考えていらっしゃるんじゃないでしょうね？」

速水は返事をせず、逆に問い返している。

「警察には即、届けるべきでしょう。それをしないということはあなたまさか、こちらから仕掛けるつもりじゃないですか？」

「……え？」

どういうことだ？　と葵は思わず山之内を凝視した。朋子もまた山之内へと視線を向けている。

「今、黒癸組に捜査が入ると、黒幕には到達できない可能性が高くなる。せいぜい、偽基金を立ち上げたことで榊原副院長と黒癸組の幹部が逮捕されて終わりになってしまうだろう」

「黒幕って誰なんです？」

葵は聞けずにいたが、朋子は躊躇《ちゆうちよ》なく山之内に問いかけている。警護対象とは心理的に距離を置くことが任務的に必須《ひつす》である自分にはできない真似《まね》だ、とある意味呆《あき》れ、ある意味感心していた葵の前で、山之内ではなく速水が口を開いた。

「これ以上はお答えできません。さあ、別室においでください。田中さんも」

速水の視線が葵へと移る。

「……わかりました」

黒幕が誰かわかった時点で、朋子の身はより危険に晒《さら》されることになる。それは避けねば、との思いから葵は素直に頷くと、

「いきましょう」

と彼女に——姿は自分だが——声をかけた。

「……はい」

　葵にも味方をしてもらえないと察したからか、しぶしぶ、といった様子で朋子も頷くと、葵に続いて奥の部屋へと向かう。

「ゆっくり休んでいてください」

　声をかけてきた速水と、横で微笑《ほほえ》み頷く山之内に頭を下げると、葵と朋子は奥の病室へと足を踏み入れた。

「田中さん」

　部屋にはベッドが二つ並んで置いてある。なんとなく居心地の悪さを感じていた葵は、朋子に声をかけられ、はっとして彼女を見やった。

「はい」

「筋トレ、教えてもらえますか？」

「はい？」

　唐突すぎる依頼に、聞き違いかと葵は思わず声を上げてしまった。

「筋トレです。毎日やらないと筋肉は衰えるんですよね？　何をしたらいいか、今の時間に教えておいてもらえますか？」

「いや、でも……」

朋子には筋トレの習慣はなさそうである。無理をさせては申し訳ない、と告げようとした葵に、朋子が言葉を重ねてくる。

「もとにもどったとき、身体《からだ》が衰えていたら田中さんが困ることになるじゃないですか。なので教えてください。お願いします」

「……ありがとうございます」

自分への気遣いだったのか——いつ戻れるかはわからないとはいえ、自分を思いやっての申し出に葵の胸に熱いものが込み上げてきた。

「走ろうが階段を上ろうが、息切れ一つしないことに驚きました。意識は私だけど身体は田中さんのままなんですね」

最後は少し照れた様子で言葉を足した朋子を前にする葵の胸がまた、どき、と高鳴る。

外見は自分であるのに、実に可愛《かわい》い。そしてけなげだ。思いやりに溢《あふ》れている。

こういう気遣いができる人は好ましい——と、ここで葵はあることに気づき、思わず小さく声を上げた。

「あっ」

感動している場合ではなかった。同じことは自分にも言えるのでは、と気づいた葵に、朋子が不思議そうに問いかけてくる。

「どうかされましたか？」

「いや、私こそ、肌の手入れを今夜から必ずします。面倒くさいなどと思って申し訳ありませんでした」

頭を下げる葵に、朋子が、

「そんな！」

と顔を覗《のぞ》き込んでくる。

「朝はやかましく言ってしまってすみませんでした。肌はいいですよ。田中さんの筋肉は実用的ですが、私にシミができようができまいが、もう今更って感じですから」

苦笑してみせたあと朋子は、

「やだ、なんだか僻《ひが》みっぽいですね」

と顔を顰《しか》めた。

見た目が自分であるだけに違和感は募《つの》るのだが、表情や仕草がなんとも可愛らしい。

「……っ」

可愛らしい——いや、待て。落ち着け。顔は自分だ。

ぶるっと首を横に振った、その動作が唐突だったからか、朋子が驚いた様子で声をかけてきた。

「ど、どうしたんです？　田中さん」

「す、すみません。なんでもないです。それと……っ」

動揺《どうよう》が動揺を呼び、葵は自分でも思いがけないことを口走ってしまった。

「その、『田中』だと馴染《なじ》みがなくどうしても上司のことかと勘違いしてしまうので、葵と呼んでもらえないでしょうか」

「え」

しかしここで朋子に絶句され、葵は我に返った。

「すみません、忘れてください」

「あ、違うんです。私の名字が青井《あおい》というので、一瞬、呼び捨てにされたのかと勘違いして」

朋子もまた、慌てていた。赤面する『自分の』頬《ほお》を見る葵の頭にも、すっかり血が上ってしまっている。

「じゃあ、私も『朋子』でお願いできますか？　そのほうがわかりやすいと思うので」

「と、ともこ……さん」

「あおい……さん」

お互い、そう呼んでほしいと言われたので呼んだものの、葵も、そしておそらく朋子もとてつもなく気恥ずかしくなり、二人して俯《うつむ》いてしまった。

「あ、あの……」

沈黙が続くのもまた恥ずかしく、葵は朋子に頼まれていた筋トレを教えようと口を開いた。

「は、はい」

朋子が、はっとしたように顔を上げ、真っ直ぐに葵を見つめてくる。

「筋トレなんですが……」

通常メニューはスクワットと腹筋、それに腕立て伏せをそれぞれ百回を十セット、寝る前にこなす、という葵の説明に、朋子は目を丸くした。

「……百回を十セットって……千回……っ」

凄《すご》すぎる、と目を見開いた朋子が、おずおずと問いかけてくる。

「あ……葵さんは、どうしてＳＰになったんですか？」

「え？」

またも唐突な問いに驚き、問い返すと、朋子はまた少し照れた顔になり、問いの意味を教えてくれた。

「毎日、そんなに苛酷《かこく》なトレーニングをして筋力を保つのは、仕事のためだからじゃないかと思ったんです。それで……」

「いや、特に苛酷ではないですよ？」

「え？　スクワット千回が過酷じゃないんですか？」

朋子が心底驚いた様子で目を見開いている。

「ええ。ルーティーンでやっていることですから。休日にジムでするトレーニングはまあ、過酷といえば過酷に見えるかもしれませんが……」

「……凄い……」

葵の言葉を聞き、朋子がぽつ、と呟《つぶや》く。

「凄くはありません」

ごく普通なのだ、と再度説明をしようとした葵に朋子は、

「ああ、すみません」

と、我に返った様子となった。

「住む世界が違うんだなと、実感してたんです。葵さんにとってはごく普通のことだと聞いて尚更」

「いやあ……」

『葵さん』――やはり呼ばれると照れる。再び頬に血が上ってきたのを誤魔化《ごまか》したくもあ

り、葵は慌てて話題を朋子のほうへと振った。

「朋子さんだって私から見たら『凄い』ことをしていますよ。仕事は勿論《もちろん》、化粧《けしょう》や肌のお手入れも……それこそ、覚えられるか不安なくらいに」

「いえ、そんな……」

朋子もまた、酷く照れた顔になっている。褒められたからか、それとも自分同様、『朋子さん』と名を呼んだからか。

またも二人してもじもじとしてしまっていた葵だったが、不意に自分のスマートフォンが着信に震えたため、気持ちを咄嗟《とっさ》に切り換えた。

「おっと」

ポケットから取り出し、応対に出ようとするも、今の自分が通話できるはずもない、と気づき留守番電話になるのを待つことにする。が、画面に浮かぶ『非表示』の文字を見ては出ないではいられず、様子を見守っていた朋子に、

「すみません、お願いします」

とスマートフォンを差し出した。

「えっ」

戸惑う彼女に、

「上司からだと思われるので申し訳ありませんが……」

と、尚も電話に出るよう促す。

「わ、わかりました」

朋子は頷《うなず》くとスマートフォンを受け取り、応対に出てくれた。

「もしもし？」

「…………」

『もしもし』ではなく『はい』と出てほしかった。内心溜め息をついた葵だったが、手振りでスピーカーホンにしてほしい、と朋子に伝える。わかった、と頷いた彼女が電話を操作すると、聞き慣れた田中班長の声がスマホから響いてきた。

『「もしもし」ってなんだよ。呑気《のんき》だな、葵』

「えっ」

呑気なのか？　と言いたげな声を上げた朋子の腕を葵は思わず掴《つか》み、何も言うな、と首を横に振ったあと、小声で答えるべき言葉を伝える。

「取り敢えず詫《わ》びて、用件を聞いてください」

わかった、と朋子が頷き、咳払いをしてから口を開く。

「悪かった。それで、用件はなんだ？」

「……っ」

それを聞き、葵はぎょっとしたあまり、再び朋子の腕を掴んでしまった。

「いたっ」

そんなに強く掴んだつもりはないのに、不意の行動だったからか、朋子が小さく声を上げる。

『どうした？　葵』

電話の向こうで田中が驚いた声を上げている。

「なんでもないと。それから仕事のときは敬語で」

またも小声で朋子の耳に囁《ささや》くと、彼女はバツの悪そうな顔になり「すみません」と小さく詫びたあとにスマートフォンに対し話しかけた。

「も、申し訳ありません。ご用件を承《うけたまわ》ります」

「……っ」

それじゃ秘書だ、と葵は頭を抱えそうになり、彼女は秘書じゃないか、と踏みとどまる。

『葵、ふざけている場合じゃない。今、山之内代議士から、警護強化の要請があった。一体どういうことなんだ？　山之内代議士が危険を感じるようなことが何かあったのか？』

「それは……」

見る。

どうしよう、というように朋子が——しつこいようだが、外見は自分の顔だが——葵を見る。

警護の理由は黒癸組がかかわっていることがわかったからだが、山之内からはそのことは伏せろと言われている。どうすればいいのか、と目で問うてきた朋子に葵は迷った結果、今は何も言わずにいよう、と首を横に振った。

「……わ、わかりません。狙撃犯が未だ逮捕されていないので、不安になられたのかもしれません」

おずおずと朋子が答える。うまいな、と葵は朋子の機転に感心していた。

『狙撃犯は先程自首してきた。その報告も兼ねてこれから病院に伺《うかが》う』

「自首？」

葵の口から思わず声が漏《も》れる。

『誰か傍にいるのか？』

声はしっかり拾われてしまったらしく、電話の向こうで田中が緊迫した声を出す。

「いえ。一人です」

朋子はシラを切るつもりのようで、きっぱり言い切ると、

「自首してきたのは暴力団員ですか？」

と確認を取った。

『ああ。お前、狙撃犯の顔は見てないよな？　狙撃した際は目出し帽を被《かぶ》っていたと伊藤《いとう》から報告があったから。とはいえ確認はしてもらえるか？　身体《からだ》つきは間違いないと伊藤は言っていたが、お前の確認もとりたい』

「わかりました……あの」

朋子が、ちら、と葵を窺《うかが》ったあとにスマートフォンに向かい問いを発する。

「どこの暴力団でした？」

『華竜《かりゅう》連合のチンピラだ。恐喝《きょうかつ》と窃盗《せっとう》で前科《まえ》がある』

田中は答えたあと、

『それではまたあとで』

と告げ、電話を切った。

「……黒葵組じゃない……？」

スマートフォンを返してきながら、朋子が葵に、どういうことだろう、と問うてくる。

「二次団体かもしれない」

「二次？」

問い返してきた朋子を前に、一般人は知らないことか、と納得しつつ葵は、

「一般企業でいう子会社みたいなものです」

と説明した。

「黒発組の名が出ないようにしたんでしょうか？」

知識を得ると途端に勘の良さを発揮する朋子に、葵は思わず頼もしい、と微笑《ほほえ》んでしまっていたが、すぐ、それどころではないかと気づいて表情を引き締めた。

「その可能性は高い。ともあれ、山之内代議士に知らせましょう」

「そうですね」

朋子もまた真面目《まじめ》な顔で頷き、葵に続いて二人のいる部屋のドアへと向かう。

ノックをしようとしたそのとき、ドアの向こう、入口のドアの開閉の音が微《かす》かにしたと同時に、速水の高い声が響いた。

「なんですか、あなたがたはっ」

「いかんっ」

それを聞いては部屋に飛び込まないではいられず、葵は勢いよくドアを開き、部屋の中へと足を踏み入れた。

「葵さんっ」

背中で朋子の、野太い声が響くのを聞いたと同時に、部屋の中の光景が葵の目に飛び込んでくる。

「……っ」

思わず葵が息を呑《の》んだのは、室内に銃を構えたダークスーツの男が二人、仁王立《におうだ》ちになっていたからだった。彼らの傍では榊原副院長が青ざめ、立ち尽くしている。

「副院長……」

呟《つぶや》く朋子の声を——彼の耳には葵の声として響いているであろうその呼びかけを聞く榊原の顔が歪む。

「し……仕方なかったんだ……っ」

「…………」

何が『仕方ない』というのか。外にいたSPの同僚、伊藤は何をしているのか。

疑問はいくらでも湧いてきたが、それどころではない、と葵は二つの銃が銃口を向ける先にいる彼の——山之内の命をいかにして守るか、そのことだけを必死で考え始めた。

9
Tomoko

拳銃を見るのは、生まれて二回目だ。

ドラマや映画では見たことがあるが、本物であるはずはない。あ、『拳銃の密輸犯を検挙した』といったニュースで放映された拳銃の映像は本物かも。

ってそんなことはどうでもよくて。

人間、極限状態に不意に放り込まれると、思考力が落ち、どうでもいいことばかり考えてしまうんだな、ということを今、朋子《ともこ》は実感していた。

目の前ではダークスーツを着た目つきの悪い男が二人、山之内《やまのうち》に銃を突きつけている。彼らの傍で泣きそうな顔をし佇んでいるのは、榊原《さかきばら》副院長だった。

「警察を呼ぶ必要はない。山之内さんに死んでもらったらすぐ、俺たちのほうから自首しに警察に行くからよ」

ドスのきいた声で男の一人がそう言うと、山之内に向かい、ニッと笑った。

「それとも先生、あんたが心を入れ替えて議員を辞職し、一生口を閉ざしていると約束するかい？　なら命まで取ろうとはいわない。俺らもできれば、人殺しはやりたくないしな」

「………何について、口を閉ざしていろと言ってるのかな？」

対する山之内は実に堂々としていた。モデルガンとでも思っているのか、いつものように穏やかな表情、穏やかな声音《こわね》で男たちに問い返している。

さすがだ、と感心していた朋子だったが、よく見ると山之内のこめかみはぴくぴくと細かく痙攣《けいれん》していた。

やはり彼も恐怖を覚えているのだ。察したと同時に、今、この場がどれだけ危機的状況なのかと気づき、震撼《しんかん》する。

「やっぱりなあ。組長には有無を言わさず殺せって指示が来たそうだが、ウチの組長は穏健派なもんで、一応聞いてみろって言われてたんだよ。やっぱり聞くだけ無駄だったか」

やれやれ、というように男がわざとらしく肩を竦《すく》める。

「誰からの依頼だというのです」

と、ここで速水《はやみ》が口を開いた。彼の声は微かに上ずっていたし、両脚は細かく震えていたが、恐怖を堪《こら》えるかのようにぎゅっと両手を握り、男たちを睨《にら》んでいる。

「秘書さんかな？　聞かないほうがいいぜ。知ればあんたも殺さなきゃならなくなる」

「速水、黙っていろ」

男の言葉が終わらないうちに山之内は凜《りん》とした声を張り上げると、改めて男に向かい口を開いた。

「状況は理解した。要は私の口さえ塞げば、君も君の組に依頼した人物も満足ということだな？　それでは室内から関係ない人たちを出してもらえないか？」

「先生、思いやりがあるねえ。まあ、俺らも無駄な殺生《せっしょう》はしたくないから、安心してくれていい。殺すのはあんただけだ。しかしそれを邪魔されたくないからな。目的を達成するまでは部屋に居てもらうぜ」

言いながら男が銃をゆっくりと構え直す。

「せ、先生、すみません！　こ、殺すなんて知らなかったんです！　ただ、病室に入れろと、私は言われただけで……っ」

ここで榊原が悲鳴のような声を上げた。

「副院長、あんたこそ、心構えによっちゃ、一緒に死んでもらうぜ？　何せ、一番裏を知ってる存在なんだからな」

と、男が山之内に向けていた銃口を榊原へと向け直す。

「ひぃっ」

榊原は悲鳴を上げたかと思うと、へなへなと床に座り込み、その場で蹲《うずくま》ってしまった。

「こ、殺さないでくれ……っ。俺は……俺は何も知らない。見てない。喋《しゃべ》らない」

「それでいいんだよ」

はっと男が笑い、銃口を山之内に向け直そうとしたそのとき、馴染《なじ》みのありすぎる声が室内に響き渡った。

「待ってくれ。一つ頼みがある」

「あぁ？」

男が驚いた様子で声の主を――葵《あおい》を見る。

「なんだ、ねえちゃん。どうした。命乞《いのちご》いか？　頼みっつーのを聞いてやりたいがちょっと急いでるもんでな。あとにしてくれや」

男はすっかり相好《そうごう》を崩していた。もう一人の、今まで一言も喋っていない、少し愚鈍《ぐどん》そうに見える男も、にやにやしながら葵を――姿は朋子である彼へと視線を向けている。

さすが、ＳＰ。拳銃を持った人間相手にも恐怖心を抱いていないとは。なんという度胸だろう、と朋子は、少しも震えていない足で堂々と仁王立ちになっている葵――外見は自分のものだが――を見つめていた。

「本当に山之内先生一人しか殺す気はないというのなら、先程先生も頼んでくださったが、残りの人間を外に出してほしい。我々はあなたがたの邪魔は決してしないと約束しよう」

きっぱりと言い切る葵を見て、男が下卑《げび》た笑いを浮かべ、揶揄《やゆ》めいた口調で答える。

「ねえちゃん、度胸あるな。でも駄目だ、非常ベルでも鳴らされ、騒がれたらコトだからな」

好色そうな目だ、と嫌悪感を抱いていた朋子だったが、そんな彼女の前で葵は淡々と男と会話を続けていった。

「外にSPがいたはずだ。彼はどうした?」

「副院長にスタンガンで襲わせ、隣の空室に放り込んだわ。ねえちゃん、もういいだろ? 傍にいちゃ危ないぜ」

スケベ根性から会話を続けてはいたが、時間を取り過ぎたと思ったらしい。男がやや苛《いら》立《だ》った様子でそう吐き捨てると、ほら、と銃口を横に振る。

と、そのとき、朋子の目の前で信じられないことが起こった。山之内から一瞬銃口が逸《そ》れたその隙《すき》を見逃さず、葵の足が一瞬にして上がり、拳銃を持つ男の手を蹴《け》り上げたのである。

「うっ」

そのまま葵は男を、傍でなすすべもなく立ち尽くしていたもう一人の男に向かって突き飛ばすと、素早く屈み込み、床に落ちた拳銃を拾って彼の頭に突きつけた。

「銃を捨てろ」

弾みで共に転倒したものの、未だ銃を握っていたもう一人の男にそう命じる。

「……青井《あおい》君……」

あっという間の出来事だった。副院長が顔を上げ、呆然《ぼうぜん》とした顔で朋子の名を呼ぶ。

「この女に撃てるわけがねえ！　とっとと山之内議員を仕留めるんだ」

どうやら兄貴分らしい男が愚鈍そうなもう一人に向かって喚く。と、葵はカチャ、と安全装置を外し、男を睨み付けた。

「生憎《あいにく》銃の撃ち方は知っている。試すか？」

「…………っ」

朋子が啞然《あぜん》として見守る中、先程まで威勢の良かった男は今や、顔面蒼白になっていた。だらだらと脂汗《あぶらあせ》を流す彼に、部下——ヤクザの場合、『弟分』という表現のほうが適しているか——と思《おぼ》しき男がおずおずと声をかける。

「兄貴ぃ、山之内を撃ちますかい？」

「馬鹿野郎っ」

『兄貴』と呼ばれた男が怒声を張り上げる。葵はそれでいい、というように頷《うなず》くと、弟分を睨み、口を開いた。

「銃を床に置いて、向こうに滑らせろ」

『向こう』と葵が目で示した先は、速水だった。

「早くしろ」

「……ちくしょう……っ」

弟分は悪態をつきつつも、葵の言うとおりに床に拳銃を置き、速水に向かって滑らせる。

「警察に電話を！」

「わ、わかりました……っ」

速水が拳銃をおそるおそる受け取る横で、

「私がかけよう」

と、山之内がポケットから携帯を取り出す。

「…………」

よかった——気づかぬうちに安堵《あんど》の息をついていた朋子に、速水と山之内もまた、安堵したような視線を向けてくる。

二人に頷き返したあとに、朋子は再び視線を葵へと移すと、葵は銃口を男に突きつけたまま、

「速水さん」

と呼びかけてきた。

「はい」

「暴れないよう、そっちの男を拘束《こうそく》してもらえますか？」

「あ、はい。わかりました」

速水は返事をしたあと、葵に向かい問いかける。

「ＳＰは手錠《てじょう》を携帯していないのでしたっけ？」

「そうなんです。要人警護が任務ですので」

答えたのは葵で、それを聞いた朋子は、そういうものなのか、と納得していたのだが、不意に傍《かたわ》らで、

「え？」

榊原が声を上げたのに、はっとし、彼を見た。

「なんだって青井君がそんなことを知っているんだ？　……それに……」

榊原は危機を脱したのがわかったからか、既に立ち上がっていた。彼の訝《いぶか》しそうな視線が朋子へと移る。

「君は何をしているんだね」

すっかり元気を取り戻したらしい榊原が、呆《あき》れたように朋子に――外見は筋骨隆々たる

SPの葵のものである彼女にそう、声をかける。

「いや、それは……」

その声は葵にも届いていたようで、慌てて何かを言おうとしたとき、彼に隙が生まれてしまったらしい。

「う……っ」

拳銃を突きつけられていた男が葵の鳩尾《みぞおち》のあたりを物凄《ものすご》い勢いで殴《なぐ》りつけたために、背後に倒れ込みそうになる。踏みとどまろうとしたその手から、男が拳銃を奪おうとし、葵に馬乗りになった。

「兄貴！」

それを見た男の弟分が、自分を拘束しようとした速水を突き飛ばし、葵に向かおうとする。

危ない――！

今の葵は自分の――筋トレも何もしていない、腕力のない自分の身体《からだ》だ。男二人がかりでこられたら到底敵《かな》うはずもない。

『君は何をしているんだね』

榊原に言われるまでもなく、今こそ勇気を振り絞《しぼ》るべきだ。自分には恵まれた体軀《たいく》が、鍛え上げられた筋肉がある。

そうした考えがはっきりと形を結ぶより前に、気づいたときには朋子は葵へと駆け出していた。

「青井さん！」

やめるんだ、と山之内が叫ぶ声を背に、葵に覆《おお》い被《かぶ》さろうとする兄貴分の腰にタックルする。

「てめえっ！」

男の肘が朋子の背中に入り、激痛を覚える。しかし、離すわけにはいかない、とそのまま床に沈めようとすると、今度は膝が腹に入り、う、と息が詰まった。

「朋子さん！」

葵の——自分の声が響いたあと、ドスッと誰か殴られた気配がし、やがて再び葵の声が響き渡った。

「いい加減にしろ！　仲間が死んでもいいのか！」

「……っ」

その言葉を聞き、朋子はもしかして、と葵を振り返った。体勢を整えた彼が、男の弟分に拳銃を突きつけているのを見て、よかった、と安堵する。

「好きにすりゃあいいさ！」

未だ、朋子がその腰に縋《すが》り付いていた兄貴分が、ペッと床に唾《つば》を吐くのに、愚鈍そうな男が、

「兄貴、そんなぁ」

と情けない声を出す。

と、そのとき、パトカーのサイレン音が、遠く、響いてきた。

「チッ」

男が舌打ちし、朋子を振り払い逃げようとする。

「兄貴、ひでえや」

「うるせえ！　離せっ」

弟分の非難の声を無視し、朋子の肩を摑《つか》んで自分から引き剝《は》がそうとするのに、逃がすものか、という強い思いが胸に生じていた朋子は、引き剝がされまいとますます強い力で男にしがみついた。

「離せ！」

「朋子さん、無茶するなっ」

背後で葵が叫ぶ声がする。意識が一瞬、そちらに逸《そ》れたのに、腕から力が抜けてしまっ

た。

「離せっつってんだよっ」

「朋子さん！」

男に勢いよく後ろへと突き飛ばされた、ちょうどそこに朋子を案じ、葵が飛び込んできた。

「痛っ」

「いて……っ」

頭と頭が、物凄い勢いでぶつかる。遠のく意識の下、朋子の耳に、バタバタと大勢の人間が病室に踏み込んでくる足音が響いてきた。

「代議士、ご無事ですか」

「葵！　大丈夫かっ」

どうやら警察が無事、到着したらしい。よかった、と一旦安堵はしたものの、葵は大丈夫なのか、と傍らに倒れる彼の——自分の姿を確かめようとしたが、視界は既に漆黒《しっこく》の闇に包まれており、そのまま朋子の意識はその闇の世界へと落ち込んでいってしまったのだった。

「……う……」

頭が痛い。また同じところをぶつけてしまった。瘤《こぶ》になっているんじゃないか？

なんだか、長い夢を見ていた気がする。とんでもない夢を。

ええと、どんな夢だったっけ――。

うっすらと目を開いた朋子の視界に、見覚えがあるようなないような天井が映る。

「あ、目を覚ましました」

あれ、なんだかデジャビュ？　続いて視界に飛び込んできたのは、速水の顔だった。

「大丈夫ですか？　田中さん」

心配そうに呼びかけてきた横から、山之内もまた、ひょいと顔を出し声をかけてくる。

「君のおかげでことなきを得たよ。か弱い女性の身体だというのに、無茶をさせてしまい、本当に申し訳なかった。元の姿なら表彰ものだっただろうに、本当に、なんと礼を言っていいのか……」

「いえ、その……」

話を聞いているうちに、朋子にまざまざと記憶が蘇《よみがえ》ってくる。

夢などではなく、ＳＰの葵と身体が入れ替わってしまったことも、拳銃を持った男たちが乱入してきたのを、葵が隙《すき》を突いて捕らえようとしたことも。

そう。すべては葵のしたことで、自分が礼を言われる立場にはない。そう言いかけた朋子は、自分の発した声が野太くないことに違和感を覚え、思わず、

「……え？」

と首を傾《かし》げた。

「……田中君？」

「田中さん？」

山之内と速水、訝《いぶか》しそうに見下ろしてくる二人から朋子は、上掛けから手を出し、それを自分の目の前に持ってきた。

華奢《きやしや》な指。桜色の爪。やってもらったばかりのデザインのネイル。

「私……だ」

「どうした？」

「気分でも悪いんですか？　田中さん」

ぼそ、と呟《つぶや》いた朋子に、山之内と速水がそれぞれ問いかけてくる。

「私です。私！」

もとに戻っている――！

驚きと嬉しさから、朋子はガバッと身を起こし、二人にそれを伝えようとした。

「『わたし』？」

「君、もしかして……」

速水は戸惑っていたが、山之内はどうやら、察してくれたらしい。

「青井朋子君？」

「そうです！　私です！　戻ったんです！」

自然と声が弾み、高くなる。と、そんな朋子の耳に、

「う……」

と、少々苦しげな自分の――ではなく、葵の呻《うめ》き声が響く。

「葵さん！」

視線を声のほうへと――自分のベッドと並んで配置されていたベッドへと向ける。と、

葵はうっすらと目を開き、朋子を見て驚いたように目を見開いた。

「朋子さん？」

「そうです！　戻ったんです！」

朋子が身を乗り出し、そう告げると、葵はすぐに状況を察したようで、

「よかった！」

と笑い、上体を起こそうとした。

「いてて……」

だが腹に痛みを覚えたらしく、動きが止まる。

「あっ」

その痛みの原因に、すぐさま朋子は思い当たった。

「ごめんなさい！　私が蹴《け》られたからですね！」

兄貴と呼ばれていたヤクザに思い切り膝蹴りをされた。そのときの痛みを思い出し、詫《わ》びた朋子に葵が、

「大丈夫」

と微笑《ほほえ》んでみせる。

「しかし驚いた。もとに戻れたんだな」

起き上がり、笑顔を向けてきた葵を前にし、朋子の胸がどき、と高鳴る。

第一印象は『熊』だったのに。

山之内や速水のようなイケメンたちに声をかけられても、微笑みかけられても平静さを保てたというのに、葵の笑顔に、愛想があまり感じられない短い言葉に、こうもときめい

てしまうとは。

「……あの……大丈夫ですか？」

しかしときめいている場合ではない。自分のせいで苦痛を与えることになったのだ、と朋子は慌てて葵に問いかけた。

「何が？」

葵が不思議そうに問い返してくる。

「膝蹴り、されたじゃないですか。私のせいで……」

ごめんなさい、と頭を下げる朋子に、葵が「大丈夫だ」と頷《うなず》いたあとに、不意に心配そうな表情となる。

「あれしきのこと。それより君の身体で無茶をしてしまった。決して傷つけぬよう配慮《はいりょ》はしていたが、痛みなど、覚える箇所《かしょ》はないか？」

「大丈夫です。全然」

己の身体を見下ろし、頷いてみせた朋子に、速水が、

「お身体は大丈夫そうなんですが……」

と言いにくそうに声をかけてくる。

「はい？」

「その……青井さんのスカートが、かなり裂けてしまっていました。修復は少々難しいかもしれません」

「それは悪いことをした。弁償させてもらう」

途端に葵が申し訳なさそうな顔になる。

「何を言ってるんですか。葵さんのおかげで私たちみんな助かったんですから。スカートの一枚や二枚、破れようが裂けようが関係ないですよ」

そう。あのとき葵が助けてくれなかったら、山之内は確実に死んでいたし、自分たちもどうなっていたかわからない。

それなのに私のスカートを気にするなんて、と喋《しゃべ》っているうちに朋子はなんだか可笑《おか》しくなってしまい、思わず噴き出していた。

「もう、葵さんたら」

「……朋子さん……」

葵がそんな朋子を眩《まぶ》しげな目で見つめている。

「……なんか、お邪魔っぽいです、我々」

と、ここで速水が、ぼそ、と山之内に声をかける。それを聞き、朋子は二人の存在をまるで忘れていたことに気づき、慌てて言い訳をし始めた。

「す、すみません。全然邪魔じゃないです。というか、あの、その、あの男たちは無事に逮捕されましたよね？　あ、副院長。副院長はどうなりました？」

実際、榊原がどうなったかは、今の今まで気にしていなかった。が、もし逮捕されたとなると病院にとっては痛手だろう、と問いかけた朋子の前で、速水と山之内は顔を見合わせていたが、すぐ、速水が丁寧《ていねい》に答えてくれた。

「はい。拳銃を持って押し入ってきた二名の男たちは逮捕されました。黒癸組に席を置く、山本《やまもと》という幹部と坂部《さかべ》という組員です。山本は取り調べに対し、個人的な恨みから山之内代議士の命を狙ったと供述しているという報告が警察から上がってきています」

「個人的な恨み？」

まだ榊原の処遇まで話は到達していなかったが、どんな恨みを抱いていたのかが気になり、思わず朋子は問いかけていた。

「勿論《もちろん》嘘でしょう。先生と山本の間に接点はないはずです。おそらくは組長の指示なんでしょうが、それを言えば黒癸組に先生の殺害を依頼した人物にも捜査の手が伸びることになるでしょうから、彼は決して口を割らないのではと案じています」

肩を竦《すく》め、答えてくれた速水に、今度は葵が問いを発する。

「その人物というのは誰なんです？」

「……それは……」

　速水がどうしよう、というように山之内に視線を向ける。山之内は彼に頷くと、視線を葵へと向け口を開いた。

「残念ながら確証がないので、名前は出せない。僕は同業者の不正はどうにも許せなくてね。情けないことにかなりの数、いるんだよ。しかも権力を持つにつれ確率が上がっていく。この病院発案とされる難病の基金も、厚生労働省のお偉方に働きかけたある代議士が黒幕ではないかという疑念があってね。確証を得るために動いていた結果が今回の狙撃となったんだ」

　山之内はここまで言うと、はあ、と抑えた溜め息を漏《も》らし、静かに首を横に振った。

「腐っているよね、本当に。しかも奴らの逃げ足の速さは尋常《じんじょう》じゃない」

「……このままでは山本が逮捕されるだけで、黒癸組本体にすら捜査の手は及ばなくなると、それを案じていらっしゃるんですね」

　葵の言葉で朋子は、ぼんやりとしか理解していなかった今の山之内の話の全容を察することができた。

「……基金は副院長が中心となって取り進めていました。副院長からは何も聞き出せないのでしょうか」

副院長について、今まで思うところは多々あった。しかし、まさかヤクザとつるんで悪事を働こうとしているところまで腐っているとは思わなかった。

憤《いきどお》りを覚えつつ朋子が問いかけたのに、答えてくれたのは速水だった。

「榊原副院長も取り調べを受けていますが、自分が接触したのは山本のみで、彼がヤクザであることは知らなかったと供述しているそうです。いきなり黒癸組に呼び出されて仰《ぎょう》天《てん》したとも。厚生労働省とのパイプを持つコンサルタントと聞いていた、自分も騙《だま》された被害者だと主張しているとのことでした」

「嘘はついていないかもね。あの様子だと」

山之内が肩を竦める。

「とはいえ、副院長の座は追われるでしょうね」

速水もまた肩を竦めてみせたあとに、同情的な視線を朋子へと向けてきた。

「当面、病院内も、取り巻く環境も騒がしくなりそうですね」

「そう……でしょうね」

理事長もショックを受けるだろう。副院長が逮捕されれば、病院経営にも痛手を受けることは間違いない。

リストラとか、行われたりして。秘書室ももともと人数が多すぎると病院内で言われていたし、副院長がいなくなると確実に一人余ることになる。

クビを切りやすいのは最年長の私だろうなあ――溜め息を漏らしそうになっていた朋子に、山之内がにっこりと微笑《ほほえ》みかけてくる。

「ともあれ、今日はゆっくりこの部屋で休むといいよ。男女同室を病院は渋ったんだが、二人の様子を見たいからと僕が無理を言ったんだ。とはいえ、僕らはすぐに退散するからね。ああ、そうだ。立ち入り禁止にしておいてもらおう。何か用があったらナースコールを使うからってね。それじゃ、ごゆっくり」

「ゆっくり休まれてくださいね」

朋子や葵に何を言わせる隙《すき》も無く、山之内と速水が連れ立って部屋を出ていく。

バタン、とドアが閉まると、病室内はやたらと静まりかえっている気になり、朋子は何か喋らなくては、という強迫観念を覚え葵に話しかけた。

「あの……た、体調はどうですか？」

「大丈夫です。朋子さんは？　どこか具合の悪いところはありませんか？」

朋子も緊張していたが、葵の声もやたらと硬く、視線を向けた先では顔も酷《ひど》く強張《こわば》っているのがわかる。

やだ。緊張がうつるじゃない。並んだベッドで二人、上体を起こして向かい合っているということの状況。

室内に二人しかいないことにいたたまれない気持ちとなり、ベッドが並んでいることでその気持ちが更に募《つの》る。

考えすぎだ。ここは病院である。ベッドなんて何床《しょう》と数え切れないくらいある場所だ。意識するほうがおかしい、と必死で己に言い聞かせていた朋子は、葵が、不意に、

「あのっ」

と声をかけてきたのに、はっとし、思わず声が高くなってしまった。

「はいっ」

「いや、そんな、たいした話じゃないんです」

途端に頭を掻《か》き、ごにょごにょと、聞こえないような声で葵が告げる。

「……どんな……話ですか？」

雑談だろうか。なんにせよ、いたたまれないのにかわりはない。ドキドキと高鳴る鼓動を必死で抑え込んでいた朋子に、葵が、ぼそ、と喋りかける。

「いやその……もとに戻れてよかったですね」

「はい。それはもう……」

言われるまでもなく、と大きく頷いた朋子に、葵が問いを発する。

「やはりつらかったですか？　私の身体《からだ》は……」

「それを聞くってことは、葵さんがつらかったんですか？」

自分のことを答えるより前に、それが気になり、朋子は葵を真っ直ぐに見つめた。

「いえ、そういうわけじゃなく、さぞ、戸惑われただろうなと……」

葵があわあわしながら答えるのに、

「戸惑いはしましたよね、お互い」

と朋子は頷き、同意を求めた。

「戸惑いました。一から十まで」

葵もまた微笑み、頷く。

「でもいい経験となりました。今まで自分は女性の心理を理解する術《すべ》をまったく持ち合わせていなかったのが、女性になったことで、多少なりとも理解できた、というか……」

「確かに、いい経験でした。男同士の距離のとりかたとか……」

いつ、タメ語が許され、いつ物語が有効となるのか。未だに理解したとは言いがたいが、それでもいい経験をさせてもらった、と朋子も微笑み、頷いた。

「戻れてよかったです」

しみじみといった口調で葵が呟《つぶや》き、はあ、と抑えた溜め息をつく。

「……はい……」

頷きながらも朋子は、もしかしたらこれが葵との間で最後の会話になるのかもな、と考え、その考えに戦慄した。

最後――そう、最後になる可能性は高い。

ＳＰと病院の秘書。接点は皆無だ。病院に政治家とか外交官とか入院する際にはＳＰが同行するかもしれない。しかしＳＰって何人いるのか。葵が確実に警護に選ばれる確率は決して高いとは思えない。いや、非常に低いだろう。

身体が入れ替わるなんて、とんでもない体験をお互いにしたというのに。こうして一晩、ベッドを並べた部屋で――って病室だけれども――過ごしたあとには、もう会うこともなくなってしまうのだろうか。

それはいやだ。絶対にいやだ。

朋子がそんなことを考えているのを知ってか知らずか、葵が、ぽつ、と呟く。

「自分を見つめ直す、いい機会にもなりました」

「それは私も……っ」

私こそ、と、朋子は葵に向かい、頭を下げた。

「本当にありがとうございました。明日から私、後輩たちと本音で向き合おうと思います。

全部、葵さんのおかげです」

「いや、俺は別に……」

葵が頭を掻き、俯《うつむ》くことで朋子から視線を逸《そ》らせる。

これで終わりなの？　それでいいの？　葵には確かに感謝している。その気持ちは今、無事に伝えられた。でもそれで終わりで、本当にいいの？

「あの……」

駄目だ。いやだ。明日から自分がどう変わるか。考えるのがそれだけでいいはずはない。変わるだけじゃなく、『続ける』。それを申し出てみよう、と朋子が口を開いたとほぼ同時に、葵が、

「朋子さん！」

と伏せていた顔を上げ、上擦った声で名を呼んできた。

「は、はい」

予感がする。きっと胸が高鳴るような――予感に先んじ、朋子の鼓動が一気に跳ね上がる。

「とんでもない体験を共有したのもその……何かの縁だと思うんです。なのでこれからもよかったら、あ、会ってもらえませんか？」

ゆでだこのような顔で葵がそう言い、朋子に向かって右手を差し出してくる。拳銃を持つ男たちを前にしても決して震えることのなかった彼の指先が今、細かく震えていることに気づくより前に朋子は、

「喜んで！」

と、あとになって、居酒屋じゃないんだから、と自ら突っ込みを入れてしまった言葉を返した上で、差し伸べられた手を強く――決して離すまいという意思を込めていることが相手に伝わるよう、強く強く、握り返したのだった。

後日談

「青井《あおい》さん、来月の理事会のあとの懇親会《こんしんかい》なんですけど、お店、Ｓホテルの中華の個室はどうでしょう？　前回が和食、前々回がフレンチだったのでそろそろ中華がいいかと思うんですけど」

「いいチョイスだと思う。それで理事長に提案してみましょう」

「青井さん、週刊誌の取材依頼がきたんですが、なんて言って断りましょう。定型文ってありましたっけ？」

「これが前回使ったものなんだけど、取材拒否の定型文は作ったほうがいいかもしれない。ドラフト作ってみてもらえる？　できたらまず、室長に見てもらいましょう」

「青井さあん、理事長がお茶がほしいとおっしゃってるんですけど、私が淹《い》れちゃってもいいですかあ？」

「お願いできるかな。悪いわね」

「いえ、全然！　やってきまあす」

今日も秘書室内は、円滑なコミュニケーションを物語る円滑な会話が続いている。

「週刊誌って、基金がらみ？　しつこいわねえ」

「副院長なんてとっくの昔に病院をやめているのにね」

幸村《ゆきむら》と今泉《いまいずみ》が肩を竦《すく》め合ったあと、

「そういえば！」

と輝く瞳を朋子へと向けてきた。

「例の騒動のときの青井さん、めちゃめちゃかっこよかったです」

そう告げてきたのは幸村で、やたらと目を潤ませている。

「あまり記憶がないんだけどね」

苦笑してみせた朋子だったが、その記憶はもともと彼女本人には『ない』ものなので蘇《よみがえ》りようもない。

しかし、幸村をチンピラから救ったという『事実』は『ない』ものにはなり得ないため、朋子は最近葵《あおい》の勧めもあり、合気道《あいきどう》の道場に通い始めたところだった。

筋がいい、と褒められたのも嬉しかったが、何より都合を合わせ、道場で葵と顔を合わせることができるのがまた嬉しい、と自然と微笑《ほほえ》んでしまっていた朋子の表情を見逃さず、すかさず今泉が突っ込んでくる。

「なんだか最近青井さん、雰囲気《ふんいき》かわりましたよね。幸せオーラ全開っていうか」

「今までそのオーラ、出てなかったってこと？」

こんな突っ込み、今までならできなかったが、気易く打ち解けた今なら普通に入れられる。そのこともまた嬉しい、と微笑んでしまっていた朋子《ともこ》に、

「そんなこと言ってないじゃないですか」

と今泉もまた笑って返し、場が笑いに包まれたそのとき、勤務時間の終了を告げるチャイムが鳴り響いた。

「ごめんなさい、今日はお先に」

朋子が荷物をまとめつつ、皆に頭を下げる。今日は合気道教室で、道場で葵と会う約束を取り付けていたからだった。

「デートですか？」

いいなあ、と声をかけてきた神谷《かみや》に、

「半分、そうかな」

と答えながら朋子は、数ヶ月前だったらこんな会話が後輩たちとの間で繰り広げられることは皆無だったな、と思いを巡らせた。

「彼氏さんによろしくー」

「お疲れ様でした」

挨拶《あいさつ》をしてくれた後輩たちに、

「お先に失礼します」

と頭を下げ、弾む気持ちを胸に秘書室を足早に走り出た。

今まで気苦労しか感じていなかった職場が、楽しくてたまらない。後輩たちと本音で付き合えるようになったのはすべて、これから会いにいく葵のおかげである。

そういえば葵は、入れ替わりのあと、少しの間、同僚から距離を置かれたと言っていた。どうやら自分が彼であったときに、やたらと仕草が女っぽかったせいで、そのときには付き合っている彼女もいなかったこともあって、いよいよ『ソッチの道』にはまったのではないかと疑われたのだそうだ。

当然ながらそんな事実はなかった上に、朋子という彼女ができたおかげで、皆の誤解をすぐ解くことができた、と安堵《あんど》していた葵の、少し情けなさを感じる顔を思い出していた朋子の頬《ほお》が笑いに緩《ゆる》む。

入れ替わったときには、こんな不幸なことはないと頭を抱えたものの、結果としてはオールオッケー、仕事もプライベートも充実した日々を送ることができているのがまた嬉しい、と一人頷《うなず》く。

もしかしたら神様からのプレゼントだったのかもしれないな——うん、と再び朋子はこの上ない幸せを胸に頷くと、『恋人』の待つ道場に向かうべく歩調を速めたのだった。

※この作品はフィクションです。実在の人物・団体・事件などにはいっさい関係ありません。

集英社オレンジ文庫をお買い上げいただき、ありがとうございます。
ご意見・ご感想をお待ちしております。

● あて先
〒101-8050　東京都千代田区一ツ橋2-5-10
集英社オレンジ文庫編集部 気付
愁堂れな先生

リプレイス！

病院秘書の私が、ある日突然警視庁SPになった理由

集英社
オレンジ文庫

2019年2月25日　第1刷発行

著　者　愁堂れな
発行者　北畠輝幸
発行所　株式会社集英社
〒101-8050東京都千代田区一ツ橋2-5-10
電話【編集部】03-3230-6352
【読者係】03-3230-6080
【販売部】03-3230-6393（書店専用）
印刷所　凸版印刷株式会社

※定価はカバーに表示してあります

ISBN 978-4-08-680240-6 C0193